おこりんぼの魔《ま》女《じょ》がまたやってきた！

ハンナ・クラーン
工藤桃子［訳］・たなかしんすけ［絵］

ハリネズミの本箱

早川書房

DE BOZE HEKS IS WEER BEZIG
by
Hanna Kraan

Translated by
Momoko Kudo
First published 2006 in Japan by
Hayakawa Publishing, Inc.
This book is published in Japan by
arrangement with
Lemniscaat, Rotterdam, the Netherlands
through Japan Uni Agency, Inc., Tokyo.
さし絵：たなかしんすけ

もくじ

第一章　おこりんぼの魔女《まじょ》は、たいくつ

おこりんぼの魔女は、自分のイスにすわって、あくびをしました。きょうの魔女はいったいなにをするつもりでしょうか？　ケーキを焼《や》く？　いえいえ、そんな気分ではないみたい。じゃあ、すぐりのジュースを作ったり、マフラーをあんだり……そういう気分でもないようです。

魔女はため息《いき》をつきました。ほんとうになんにもやる気になれません。たいくつでした。へんですね。むかしだったら、こんなにたいくつ

することはなかったのに。あのころはいつも魔法《まほう》をかけたり、動物《どうぶつ》たちにいたずらをしようとあれこれ考えたりしていたのですから……。

「ここのところ、いい魔女すぎたかね」魔女は大きな声でいいました。「いい魔女なんて、たいくつだ」

魔女は立ちあがると、ゆっくりとたなに近づきました。「ひとまず、ここでもかたづけよう。あまり気乗《きの》りしないけど、でもいつかはやらなくちゃいけないもの」

たなの戸を開《あ》け、中をからにしてゆきます。

おや、これはなんだろう？　タオルやシャツの下にうもれていたのは、大きなぶあつい本でした。

「わたしの魔法の本だよ！」魔女は声をはりあげました。「そうだったね。だいじにしまっておいたんだった。わたしのりっぱな、魔法の本！　むかしのまんまだ！」

たなから注意《ちゅうい》ぶかく本を取《と》ると、テーブルの上にのせました。本を開《ひら》いて、ページをぱらぱらめくります。

「消《き》え薬《ぐすり》、わすれ薬……しょっちゅう作っていたね。動物たちを松《まつ》ぼっくりに変《か》えたり……もっとも、これは本なしでもできたし、今すぐにだってできるさ」さらにページをめくっていきます。

「ここから作り方《かた》がむずかしくなるんだったね。めまい薬《ぐすり》、ちんぷんかんぷん薬、ケロケロ薬……どれもまだ作ったことがない。かなりふくざつだから、すぐ失敗《しっぱい》するんだ。でも、今ならたっぷり時間があるね」魔女《まじょ》はつぶやきました。「どれがいいかな。めまい薬にしよう。なにをじゅんびすればいいんだろう？」

ノウサギとハリネズミは、太陽《たいよう》がさんさんとてっているというのに、元気なくすわっていました。

「ジョギングしようか？」ノウサギがていあんしました。

「いやだよ」ハリネズミはいいかえします。

「じゃあ、かくれんぼとか、クリの実投《みな》げをして遊《あそ》ぶ？」

「おことわり」

「それなら、役《やく》に立つことをしよう。おてつだいをしたり、なにかを作ったりするのはどう？」

「いやだね」

「なにかしたいことはないの？」

「おいら、なにもしたくないんだ。なんか、あきあきしてて」

ノウサギはちょっと考えこみました。「あきあきね、ぼくもおなじ気分だ。なんかへんだね。むかしだったらありえないもん」

「オッホン！」頭上《ずじょう》の、高いところで声がひびきました。

ノウサギとハリネズミは目をあげます。フクロウがさっと着地《ちゃくち》するところでした。

「ここにいたのか。あっちこっちさがしたぞ」

「どうしたの？」ノウサギがききました。

「おこりんぼの魔女《まじょ》が、よからぬことをたくらんでいるぞ」とフクロウ。「魔法《まほう》の薬《くすり》を作っているのだ」

「ほんとうかい？」とノウサギ。「しばらく魔法はかけていないでしょ」

「もうやめたと思ったけど」とハリネズミ。「なにか、証拠《しょうこ》でもあるの？」

「魔女の小屋《こや》の上をとんでいたら、えんとつからくさいけむりが出てたのだ、むかしみたいに」

ハリネズミはあくびをしました。「きっとうっかりなにか、こがしちゃたんだよ。リンゴのタルトかな。それともパンケーキかもしれないよ」

「いやいやいや」とフクロウはおこった顔でいいました。「においがちがったぞ。そんなにしんじないんだったら、とにかく見にきたまえ」

ノウサギは立ちあがりました。「よし、みんなで調《しら》べにいこう」ハリネズミにも声をかけます。「ほら、いっしょに行こうよ。そしたら、たいくつじゃなくなるよ」

ハリネズミはしぶしぶ立ちあがり、とぼとぼついてゆきました。

「ほらね！」魔女《まじょ》の小屋《こや》の近くまで来ると、フクロウはいいました。「みどり色とむらさき色のまざったけむりなのだ」

「おかしいぞ」ノウサギは鼻をくんくんしました。「うわ！　これは、リンゴのタルトじゃないよ。それに、こげたリンゴのタルトでもなさそうだ」

ハリネズミもくんくんしてみます。「こげたパンケーキだよ」

ノウサギもフクロウも、ハリネズミのいうことには耳をかしません。そっと小窓《こまど》に近づくと、室内《しつない》をのぞきこみました。おこりんぼの魔女は、大きなナベをぐるぐるかきまぜていました。ときおり、テーブルのほうに行っては、ぶあつい本をのぞきこんでいます。

「ほんとうに魔法《まほう》の薬《くすり》を作っているよ」とノウサギは小声でいいました。

「どれどれ、おいらにも見せて」ハリネズミはみんなをおしのけると、つま先立ちになって窓から中をのぞきこみました。「魔女なんかぜんぜん見えないよ！」

「えいえいえい！」すぐ近くで声がしました。みんなは、びっくりしてあとずさりします。

おこりんぼの魔女がげんかん口に立っていました。「窓の外に、なにか見えたと思ったら！　おまえたち、そこでのぞき見かい？　なにかぬすむつもりだろう？」

「ち、ちがうのだ」と口ごもるフクロウ。「なんか、へんなにおいがしたものだから、ぼくたちてっきり――」

「――てっきり、パンケーキがこげたんだと思ったんだ！」ハリネズミが大声でつづけました。

魔女《まじょ》はうたがいの目でハリネズミを見ます。それからクスクスわらいだしました。「おまえたち、よくかぎわけたね。そう、パンケーキがこげたのさ」

「なにかおてつだいしましょうか？」ノウサギはききました。

「けっこう」そっけなく魔女が答えます。「とっとと、どこかへお行き。仕事《しごと》にもどらないと。もう一度パンケーキを焼《や》くからね、イッヒッヒッ」魔女はとびらを閉《し》めてしまいました。

「ほらね、パンケーキを焼いてただろ」とハリネズミ。

ノウサギは首をふると、小声でいいました。「あの大きな、まん丸のおかまに気づかなかった？　あれじゃあパンケーキは焼けないよ。ぼくたちを追《お》いはらうためのいいわけにすぎない」

「えぇー！　そいつはひどいや！」ハリネズミは大きな声をあげました。

「シーッ！」とノウサギがささやきます。「みんな、こっちこっち」みんなをうながして、大きなブナの木のところにうつりました。「よし。この木のかげにいれば、魔女《まじょ》からは見えないぞ」

「それで、どうするのだ？」フクロウがききました。

「あの飲《の》み物《もの》のきき目をなくすのさ。どうやったらいいかは、まだわからないんだけど……」

小屋《こや》のとびらが開《ひら》きました。出てきた魔女は、うでにかごをかかえています。ぶつぶついいながら、重《おも》たい足どりでブナの木のすぐわきを通りすぎてゆきました。動物《どうぶつ》たちは息《いき》を止めます。

「イヤイヤねっこ」とつぶやく魔女。「それに、ニガニガ草。多すぎてもいけないし、少なすぎてもダメだからね。作り方《かた》どおりにしないと、ききめがないのさ」

魔女は森の中へと消《き》えてゆきました。

「行こう」とノウサギ。「今がチャンスだ。なにか手に取《と》って」ノウサギは葉《は》っぱを地面《じめん》からひろいました。

「どうしてなのだ？」フクロウはききます。

「魔女のいったこと、きこえただろ？　魔法《まほう》の薬《くすり》は、作り方どおりでないとききめがないんだ。つまり、ぼくたちがその中になにかをほうりこめば、ききめはなくなるってこと」

「そうか！」フクロウは声をあげました。「いい考えだ！」フクロウはすばやく、キノコをいくつかつみました。ハリネズミはひとつかみのブナの実《み》を取《と》りました。みんなはいっしょになって、魔女《まじょ》の小屋《こや》の中にそっと入ります。

フクロウは魔法《まほう》の本をのぞきこみました。「めまい薬《ぐすり》だって。やっぱり！」

「いそいで」とノウサギ。「すぐに帰ってきちゃうよ」

ノウサギは魔女のおかまの中に、葉《は》っぱをほうりこみました。フクロウはキノコをたして、ハリネズミはブナの実をおかまのふちごしにばらまきます。薬はおかまの中で、ぶくぶく、シューシュー。

「もうちょっと入れようよ」ノウサギがいいます。「なんでもかまわないから」

「おさとう少々《しょうしょう》」とハリネズミ。「それにほら、魔女のスリッパも」

「やれやれ」とノウサギ。「これできっと――」

「えいえいえい！」ドアのところからこわい声がひびいてきました。「おまえたち、ここでなにをしているんだい？」

動物《どうぶつ》たちは、おそろしくてまっ青《さお》になり、ふりむきました。そこには、うでにかごをかかえた、おこりんぼの魔女がいました。

「やっぱり、ぬすみをしにきたわけだね？　思ったとおり。もうにがさないよ！」

「ぼ、ぼくたちは、ただ――」フクロウはもごもごいいました。

「――パンケーキをおねだりしようと思って」すかさずノウサギがつづけました。

「でも、パンケーキなんてぜんぜん焼《や》いてないじゃないか！」ハリネズミがさけびました。

「おいらたちを追《お》いはらうために、いっただけなんだろう。まあ、おいら、そんなの見ぬいていたけどね！」

「そこの三びき、うごくんじゃないよ」魔女《まじょ》はいいました。「ちょうどいい、おまえたちで、このめまい薬《ぐすり》のできばえをためしてみよう」

魔女はおかまに近づくと、かごから草をちょいと入れて、大きなおたまでかきまぜました。

ノウサギは、仲間《なかま》をつっつき、とびらをゆびさしました。ぬき足、さし足でにげよう。

「そこにいるんだよ！」魔女《まじょ》はどなりつけました。そして、魔法《まほう》の薬《くすり》をおたまですくい、すばやく水さしにうつしかえると、フクロウの上にそそぎました。

ノウサギとハリネズミは立ちすくみ、フクロウをおそるおそる見つめます。

フクロウは、ちょっとくらくらっとし、ゆっくり一回転《かいてん》しましたが、それでおしまい。

フクロウは羽についたしずくをふりはらい、ウインクしました。

ノウサギとハリネズミはほっとして、わらいだしました。

「魔女さんのめまい薬とやらは、ぜんぜんききめがないようだね！」とハリネズミ。

「次《つぎ》はうまくできるよ」とノウサギ。

魔女はめんくらった顔でフクロウを見ました。「おかしいねぇ」とつぶやきました。

「どうしてぐるぐる回転しないんだい？」

魔女は薬をいきおいよくかきまぜてみます。すると手が止まりました。

「これはまるで、キノコが入っているようだね」魔女はびっくりしていいました。「それに、葉《は》っぱもだ！」

「おさとう少々《しょうしょう》もね」とハリネズミ。

「おまえたち、めまい薬になにをしたんだ！」

ハリネズミはとびらを開《あ》けながら、「もしスリッパをおさがしでしたら……」とふりむきざまにいいました。

魔女《まじょ》はぐるりと見まわします。「わたしのスリッパはどこだろう？」

「薬《くすり》をすてたら、見つかるよ」ハリネズミはクスクスわらいながら、外にとびだしました。ノウサギとフクロウもうしろにつづきます。

「おまえたち、おぼえておいで！」魔女はきんきん声をあげました。「つかまえてやる！えいえいえい！」そして、おたまをぶんぶんふりまわし、小走《こばし》りで外に出ると、森の中にとびこんでいきました。

ノウサギとフクロウとハリネズミは、大きなブナの木のかげから、魔女が走っていくのを見ていました。

「これでうまくいったね」とノウサギはいいました。

フクロウは、羽にまだのこっていたしずくをふきとり、ため息《いき》をつきました。「だけど、魔女の魔《ま》法《ほう》が復活《ふっかつ》したから、ぼくたちもおちおちしてられないのだ」

「たいくつもふっとんでしまったね」とノウサギ。

「おいらは、たいくつしたことなんてないけどね」とハリネズミ。「みんな、おいらのうちに来ない？　これからパンケーキを焼《や》こうと思うんだ！」

第二章　おこりんぼの魔女《まじょ》、風にとばされる

ノウサギ、フクロウ、ハリネズミは、ぐぐっと前かがみになって、森の中をすすんでいました。

「なん、と、いう、風、なの、だ」フクロウはとぎれとぎれにいいました。

ノウサギは風《かざ》むきをたしかめながら、「なかなか罪《つみ》ぶかい風だ」といいました。

「なかなかどころじゃないよ」ともんくをいうハリネズミ。「これはあらしだよ！　正真《しょうしん》正銘《しょうめい》のあらしじゃないか」

木々《きぎ》の間《あいだ》を、風がビュービューふきぬけます。動物《どうぶつ》たちは、ふきとばされないように、ふんばります。

「ひなんしたほうがよさそうだ」息《いき》を切らしながらノウサギがいいました。「あそこ、あ

の小高《こだか》いおかのかげがいい。あそこなら風をよけられるからね」

やっとのことで、おかにたどりつきました。ハリネズミは地面《じめん》にのびきっています。

「ふぅ……」

「ここならいいだろう」とノウサギ。「体をひくくしていればだいじょうぶ」

「どんどん、あらしがはげしくなってきた」とフクロウ。「風がうなっているようにきこえるのだ」

えいえいえい……ぶきみな音がひびいてきました。

ハリネズミは思わずとびおきます。「おこりんぼの魔女《まじょ》がいるぞ！」

「たんなる風の音だよ」ノウサギは教えてあげました。「えだを通りぬける風だよ」

えいえいえい……今度《こんど》は近くからきこえてきました。

「あそこだよ！」ハリネズミは悲鳴《ひめい》をあげ、上をさしました。「ほらね。おこりんぼの魔《ま》女《じょ》だよ！」

ノウサギとフクロウもびっくり。いっしょに空を見あげます。

たしかに、おこりんぼの魔女です。ほうきにまたがり、全速力《ぜんそくりょく》でとんできて、おかのてっぺんをかすめ、大きくまがったと思ったらまたもどってきました。

「えいえいえい！」きんきん声をあげています。「これこそ魔女日和《びより》だね！　さあ、どんどんあれくるえ！」

「気をつけて！」ノウサギは大声を出しました。「気をつけないと、ほうきから落《お》ちちゃうよ！」

「とんでもない！　あらしの中でとぶのは気持《きも》ちがいいねえ。おまえたちをハエに変《か》えてやろう、そうすればいっしょにとべるさ、イッヒッヒッ！」

「やめてよ！」ハリネズミが悲鳴をあげました。「やだやだ！　おいらはごめんだね！」

そして大いそぎでにげだしました。

ノウサギとフクロウも、すばやくハリネズミを追《お》いかけます。しかし、風にむかっていくのですから、思うようにはいきません。

そしてまた、目の前には魔女《まじょ》が。「えいえいえい！」

「ああ、たすけて、あぁ、たすけて」フクロウはつぶやきました。

「がんばって走るんだよ」息《いき》もたえだえにノウサギがいいます。

ハリネズミは立ちどまりました。くるっとふりむいて、魔女にむかってこぶしをふりまわし、さけびます。「魔女なんか、とばされてしまえ！　遠くまで！」

「なまいきなトゲトゲたわしめ！」魔女はさけびました。「なんてことをいうんだ！　おまえに魔法《まほう》をかけて――」

ビューン！！！

そこに、立っていられなくなるほどの、とてつもない突風《とっぷう》がふきつけます。ハリネズミはふきとばされて、地面《じめん》をコロコロころがり、しげみにぶつかってやっと止まりました。くらくらしながら、あたりを見まわします。むこうにノウサギとフクロウがいます。しっかりと木にしがみつき、目を丸くして空を見つめています。ハリネズミも空を見ました。なんにも見えません。

おこりんぼの魔女は、いったいどこに？

ハリネズミは、かたをすくめていいます。「家に帰って食事《しょくじ》でもしてるんじゃない」そしてやっとの思いで立ちあがりました。「おいら、ころんじゃったんだよ」

「魔女《まじょ》が、とんでいっちゃったよ」ノウサギが心配《しんぱい》そうにいいました。

「おいらは、ふきとばされて地面《じめん》にバタンとたおれたんだ」とハリネズミ。

「いったい魔女はどこだ?」フクロウはおちつかないようすです。

「おい!」ハリネズミはさけびました。「おいら、ほねをおってたかもしれないというのに! 死《し》んでいたかもしれないんだよ!」

「魔女をさがさないと」とノウサギ。「いっしょに来るでしょ?」

「おいらは、おことわりさ」ハリネズミはプンプンです。「もう帰るぞ。こんな目にあったばかりだもの、休んでいるよ」

「でも、ハリネズミくんのせいなのだよ」フクロウはせめるようにいいました。

「おいらのせいだって? 魔女のせいだよ! あらしだというのに、ほうきにまたがるやつがどこにいるのさ?」

「とばされてしまえばいいと思ったのだろ」

ハリネズミは青くなりました。「でも……でも……おいらはなんにもしてないぞ。風のせいじゃないか……」

「魔女はどこかにひっくりかえっているかもしれないぞ。もしかしたらけがをしているかも」とフクロウ。

「それで、いっしょにさがしてくれるの?」ノウサギは待《ま》ちきれずききました。

フクロウはくるっと身《み》をひるがえし、ノウサギのあとにつづきます。

ハリネズミは、そのうしろすがたを見つめました。「おいらだって、けがをしていたかもしれないんだ」とつぶやきます。「なのに、だれも心配《しんぱい》してくれない」深《ふか》く息《いき》をつくと、ふたりをいそぎ足で追《お》いかけました。

「よかった、風は少しおさまってきたね」とノウサギ。「あっちへ行こう。あのへんで魔《ま》女《じょ》はとばされたからね」

「ぼくがちょっと見てこよう」というと、フクロウはとんでいこうとしました。

するとそれをノウサギがおさえて、いいました。「ぼくにまかせて。フクロウくんだってとばされちゃうかもしれないからね。とばされるのはひとりでじゅうぶん」

「ふたりでじゅうぶんだろ」とハリネズミ。

ノウサギは、さっき風をしのいでいた、おかをかけのぼりました。てっぺんまで行くと、目の上に手をかざし、遠くをじっと見つめます。

「魔女が見えた!」ノウサギはさけびました。「たおれた木のとこだ。行こう!」

三びきはずいぶん歩いて、道を横切《よこぎ》るようにたおれている、大きな木のところに、ようやくたどりつきました。魔女は青い顔をして、木にひっかかっていました。

「魔女《まじょ》さんをたすけに来たよ！」ノウサギが声をかけました。「どこかいたくした？」

「どこもいたくないよ」魔女はふるえる声でいいました。「ちょうどうまく、えだの上に落《お》ちたようだね。でも服《ふく》がひっかかってしまって」

えだにからまっている魔女を、みんなでそっとたすけだしてあげました。

「やれやれ」とノウサギ。「どうにかぶじにすんだね。みんなで、おうちまで送《おく》っていくよ」

「わたしのほうき」魔女がつぶやきました。「わたしのほうきはどこだろう？」

「あそこにあるぞ」とフクロウ。「ぼくたちが持《も》っていってあげよう」

「いいから、こっちにおよこし。そしたらよりかかれるからね」

ほうきをつえがわりにして、魔女は足をひきずりながら帰ります。ノウサギとフクロウがつきそい、どんなに心配《しんぱい》していたか語《かた》りました。ハリネズミはむっつりした顔でついてきます。

「おいらだってころんだのに」と、ぼやいています。「地面《じめん》にバタンとね。でも、だれもおいらのことなんて考えてもくれないや」

魔女の小屋《こや》にたどりつくと、ノウサギがふりかえりました。「おいでよ。ぼくたち、魔女さんのところでココアをごちそうになるんだ」

ハリネズミはうなずき、いっしょに中に入りました。

フクロウは魔女《まじょ》をイスのところまでつれていきます。「どうぞ、ゆっくりすわっていて。ココアはぼくたちにまかせるのだ」

「おいらだって、ゆっくりすわってるからね」とハリネズミ。「おいらは目がまわってるし、青あざだらけさ」

「どうしたんだい？」魔女がききました。

「ころんだんだよ」ハリネズミは小さな声で答えました。「風がビューン！　とふいたんで、バタンとふきたおされちゃったんだ」

「かわいそうなハリネズミや」と魔女。「こっちへおいで。びっくりしたときにきく、薬《やく》草《そう》のお茶があるから」

「いえいえ、気にしないで」ハリネズミはすばやくいいました。「もう、だいぶよくなったから」

ノウサギがウインクしました。「ハリネズミくんは、ころんでも平気《へいき》なんだ。たくましいから」

「ぜったいにもんくもいわないし。ひとこともね！」とフクロウ。

ハリネズミは、うれしそうにうなずきました。

「はい、ココアだよ」とノウサギ。「これもびっくりしたときにいいんだ」

目をつぶり、ハリネズミはココアを飲《の》みほしました。そして、口のまわりをぺろりとなめると、魔女《まじょ》にむかってわらいかけました。「さっきいったことだけど、悪気《わるぎ》はなかったんだよ」

魔女は、じろりとハリネズミをにらみました。「さっき、なんていったんだっけね？」

ノウサギはハリネズミをこづくと、大声でいいました。「風の音がしなくなった。すっかり、やんだみたい」

フクロウはおちつかないようすで、テーブルクロスをいじっています。

「なんていったんだっけね？」魔女がまたききました。

「ま、魔女さんが、とばされてしまえって……」ハリネズミは口ごもりました。

「そうだった！」魔女はきんきん声を出しました。「すっかりわすれていたよ。なまいきなたわしめ！　おまえをゲジゲジいも虫に変《か》えてやる！」そういって、ぱっと立ちあがりました。

ハリネズミはまっしぐらにとびらにむかい、全力《ぜんりょく》で外にとびだしてにげていきました。

魔女《まじょ》は追《お》いかけようとしましたが、ノウサギがそれを止めます。

「ぼくたちもそろそろ帰るよ」とノウサギ。

「ココアをごちそうさまでした」フクロウはていねいにいいました。

そしていそいで、森の中へ入っていきました。

森のまん中にあるあき地《ち》につくと、立ちどまりました。

「えいえいえい！」遠くで声がしています。

「今度《こんど》はなにをさわいでいるのだ」フクロウは頭をふりふりいいました。

ノウサギはにっこり。「よかった、今度の魔女のお目あては、ぼくたちじゃないようだ」

第三章　ノウサギ、絵をえがく

ノウサギはスケッチブックをうでにかかえ、色えんぴつを手にして、まわりを注意《ちゅうい》ぶかく見ました。

さあ、なんの絵をかこうかなあ？

あれがいい！　二羽《わ》の黄色いちょうちょがひらひら、追《お》いかけっこをしています。

「これはいい絵になるぞ」ノウサギはつぶやき、すわってスケッチブックを開《ひら》きました。

でも、ちょうちょときたら、上へひらひら、下へひらひら、横《よこ》へひらひら、また上にひらひら。

「もーう！」ノウサギは大きな声を出しました。「少しだけでいいから、じっとできないの？　ほんのちょっとでいいから」

その声はちょうちょにとどかなかったようです。どんどん高くとんでゆき、あっという間《ま》に行ってしまいました。

ノウサギはため息《いき》をつき、スケッチブックを閉《と》じて、立ちあがりました。

少し歩くと、六ぴきの小さなウサギちゃんたちが、ぴょんぴょんはねたり、ころがったりしています。ノウサギはすばやくスケッチをしかけましたが、頭を横《よこ》にふりました。

「こんなにすばやく絵はかけないや」とぼやきます。

ウサギちゃんたちは、おしあいへしあいしながら、ノウサギのまわりにやってきました。

「なにしてるの？」

「それ、どうなるの？」

「あたしたちもやっていい？」

「ぼくは、ウサギちゃんたちの絵をえがいているんだよ」ノウサギはせつめいしました。

ウサギちゃんたちは、たがいに目くばせすると、キャッキャッとわらいだしました。

「ぜんぜんにてない！」いちばんなまいきな子がいいました。「ただのくしゃくしゃな線《せん》じゃない」

「それはね、きみたちがうごきすぎるからだよ」きつい態度《たいど》のノウサギ。「ほら、そこにしずかにすわってごらん。そんなふうでいいんだよ。それでいいから、ちょっとの間《あいだ》、そのままでいてね。いい絵ができるぞ」

ウサギちゃんたちは、しばらくじっとすわっていました。でもすぐに、いちばんはしのウサギちゃんがとなりの子をトンとおし、そのウサギちゃんはえいとこづきかえし、三びきめのウサギちゃんはひっくりかえり、さっきとおなじく、あっという間《ま》にみんなでころがってはしゃいでいました。

「うごかないで！」ノウサギはさけびます。

でもウサギちゃんたちは、あっかんべぇとばかりに大声をあげ、行ってしまいました。

「ふんだ！」とノウサギ。「ぜんぜん思うようにいかないや。絵をかくには、とってもいい天気なのに」

荷物《にもつ》を取り、また先へと歩いてゆくと、おこりんぼの魔女《まじょ》の小屋《こや》の前にさしかかりまし

た。いそいで走りぬけようとしたのですが、ふと足を止めました。

「美《うつく》しい。あの屋根《やね》にふりそそぐ日光《にっこう》といったら」ノウサギはつぶやきました。「それに、となりにさいている花と、うしろのうっそうとした木々《きぎ》も……」

ノウサギはそこにすわると、もう一度《いちど》よく見てから絵にとりかかりました。とても一生けんめいえがいていたので、だれかが近づいてきても、ぜんぜん気がつきませんでした。

「なにをしているの？」とつぜん、すぐうしろから声がしました。

ノウサギは思わずえんぴつを落《お》とし、ふりむきました。ハリネズミが顔をしかめてスケッチブックをのぞきこんでいます。

「おこりんぼの魔女《まじょ》の小屋ねえ。美しいものならほかにもあるんじゃないの？」

「美しいでしょ、日光がそそいでいて」ノウサギはいらいらといいました。「それになにしろ、うごかないからね。とにかく、絵をかきたいから、ぼくに話しかけないで」

「わかった、もう行くよ」と、傷《きず》ついたハリネズミは答えます。「でもね、おいらだったら少しは用心《ようじん》するけどな。魔女が外に出てきたら……」

そのとき、キーッと音がしました。

小屋のとびらが開《ひら》き、おこりんぼの魔女が外に出てきたのです。

「そこでなにをしている？　わたしの家に用はないだろう。さっさとお行き！」

「魔女《まじょ》さんの家の絵をえがいているんだよ」ノウサギはいいました。「ほら」

そして、スケッチブックを高々《たかだか》と持《も》ちあげます。

「へたくそだねぇ！」と魔女。「お絵かきはべつのところでするんだよ。この家の前で、大さわぎだの、いやがらせだのは、まっぴらごめんだ」

「おいらは、大さわぎも、いやがらせもしてないもん」ハリネズミはおこっていいました。

「魔女さんのおんぼろ小屋《ごや》の絵なんて、ちっともかきたくないや！」

「おんぼろだって！」魔女はさけびました。「わたしの家をおんぼろだって！　おまえのトゲトゲを、おんぼろにしてやろう！」かたをいからせ、ハリネズミにせまります。「おまえを魔法《まほう》でけしてやる！　ガガンボに変《か》えてやる！」

ハリネズミはノウサギのうしろにかくれました。「魔女さんをおさえて！」と悲鳴《ひめい》をあげます。

ノウサギは息《いき》を深《ふか》くすいこみました。「魔女さんの美《うつく》しい絵をかきましょうか？」

魔女は立ちどまりました。「わたしのかい？」

「ええ！　魔女さんの家の絵はもう少しでできあがりなんだ。だから、とびらのそばにすわってくれれば、魔女さんもえがきこめるよ」

魔女《まじょ》は顔を赤《あか》らめました。そしてとびらのところまでもどりました。「このへんでいいかい？」

「もう少し、横《よこ》に。そう、そんな感《かん》じ！　ハリネズミくんも、となりにすわって」

「気でもおかしくなったの？」ハリネズミはささやきました。「おこりんぼの魔女のとなりになんて。そんなことしたら、とっても美《うつく》しいガガンボの絵ができあがっちゃうよ」

「わたしの絵に、そのトゲトゲたわしは、いらないよ」魔女もがみがみいいます。

「でもね、ハリネズミくんがいたほうが、もっと美しい絵になるよ」そうせつめいすると、ノウサギはハリネズミをひょいと前におしました。「おくゆきが出るんです」

「おや、おくゆきかい」魔女はいいました。「だったらはじめにいっておくれ」

ノウサギは地面《じめん》に落《お》としたえんぴつをひろいあげ、ねっしんに絵をえがきました。おこりんぼの魔女はじっとうごかず、とびらの前にすわっています。えがおいっぱいで。

ハリネズミは、あちこち、ぶらぶら。花のにおいをくんくんかいだり、通りすぎる鳥たちに手をふったり。

「うごいちゃだめだよ！」とノウサギ。

「うごいていないよ」とハリネズミ。「それにしても、ずいぶん時間がかかるんだもん」

草を一本つむと、おこりんぼの魔女にむかってひらひらふりかざしました。

魔女《まじょ》はしらんぷりでじっと前を見ています。

ハリネズミは、さらにちょっと近よって、草の葉《は》で、魔女の鼻《はな》の下をこちょこちょしました。

「は……はっくしょん！」くしゃみをする魔女。「こら、およし！　はっくしょん！」

ハリネズミはひくひく、大わらい。

「おぼえてるんだよ」魔女は歯《は》ぎしりしながらおどしました。「うごけるようになったら、きっと……」

「できた！」ノウサギが大きな声でいいました。

魔女はひょいと立ちあがりました。ハリネズミはすたこらにげてゆきます。でも、魔女はハリネズミなど気にしていません。まっすぐノウサギのところに行き、絵を見ました。

「おやまあ……」魔女はうっとりしていいます。「これはじょうずだ！　そっくりにできたね」

「うん、なかなかうまくできたかな」ノウサギはいい、満足《まんぞく》してひげをなでました。

ハリネズミも、どれどれと近づいてきました。「そこの横《よこ》にあるのはなんだい？　草のかたまり？」

「ちがうよ……」とノウサギ。「ハリネズミくんだよ」

ハリネズミはおこってノウサギをにらみました。

「だって、じっとしててくれないんだもの」とノウサギはいいわけをします。

魔女《まじょ》は声をあげてわらいました。「ウッシッシッ！　草のかたまりだって！　どうなるかと思えば、ウッシッシッ！」

「わらいごとじゃないよ」ハリネズミはむっとして、いいました。「それに、おいらは、草のかたまりじゃないさ」

ノウサギはゴホンとせきばらいをしました。「ハリネズミの絵をかくのは、とてもたいへんなんだ……」

「そりゃそうだよ」とハリネズミ。「魔女をえがくよりもずっとむずかしいから。魔女の絵だったら、だれでもかけるさ」

「そうかい？」魔女はどなりました。「いつもえらそうに！　そうだ、おまえを草のかたまりに変《か》えてやろう！　そっくりだから、だれもちがいに気づかないだろうけどね、イッヒッヒッ」

「これ、どうぞ」ノウサギはすかさず口をはさみました。「この絵、さしあげます」

「ほんとかい?」うれしそうな魔女《まじょ》。だいじそうに絵を受け取《うと》ります。「ありがとう!

すぐにかざるとしよう」

くるっとむきを変《か》え、魔女は小屋《こや》の中にひっこみました。

ハリネズミはノウサギのうでをひっぱりました。「ちょっとスケッチブックをかして。

それに、その色えんぴつも」

ノウサギはスケッチブックをわたしました。「どうするつもり?」

「ハリネズミのえがき方《かた》を教えてあげようと思って。のぞかないでよ!」

ノウサギはハリネズミにせなかをむけてすわりました。

待《ま》ちながら、鼻歌《はなうた》を歌いつづけます。七曲《きょく》めを歌いおわったところで、きいてみました。

「うまくいかないの?」

「うまくいっているさ!」とハリネズミ。「とても、うまくいっているさ」

「そろそろ見てもいい?」

「もうちょっとだから!」というと、ハリネズミは、スケッチブックから紙を一まいやぶり、くしゃくしゃにまるめてしまいました。

ノウサギはびっくりしてふりむきます。

ハリネズミはくしゃくしゃの紙を、えいっとばかり、森の中へけっとばしました。「ハリネズミの絵をえがくのって、ほんとむずかしいんだよ」ため息《いき》まじりに、いったのでした。

第四章　クリの実《み》投《な》げ

ハリネズミが、大声で歌いながら森の中を歩いています。

トゲトゲのあるかぎり
こわいものなんてないのさ
トゲトゲのあるかぎり――あいたっ！

かたいものが頭にぶつかりました。
立ちどまると、ハリネズミはそっと頭をおさえました。あいたっ！　下を見ると、足もとに大きなクリの実が落《お》ちています。それを取《と》るやいなや、ぴょんととびのきました。またクリの実《み》がとんできたのです。ハリネズミの頭をかすめ、地面《じめん》をコロコロころがっていきました。

「クリの実をおいらに投《な》げているんだ！」ハリネズミはカッとなりました。「だれが、こんなことをするんだ？」

「ぼくの勝《か》ち！」遠くから声がきこえてきます。

「ノウサギくんだ」ハリネズミは思いました。「ノウサギくんの声だ。これは見に行かなきゃ」

　ハリネズミは、いそいで歩いていきます。森のまん中にあるあき地《ち》につくと、そこにノウサギとクロウタドリがいました。ならんで立っています。足もとにはクリの実がたくさん。

「今度《こんど》はおれの番さ」とクロウタドリはいいました。そしてクリの実をひろうと、投げようとしました。

「お～い！」とハリネズミはさけびます。「やめろ！」

「おや、ハリネズミくん」とノウサギ。「いっしょ

にやらないかい？」

「なんで頭をおさえているんだい？」クロウタドリがききます。

「頭にクリの実《み》がぶつかったからだよ」ハリネズミはぷんぷんしていいました。

ノウサギが、手で口をおさえました。

「さんぽしてたんだよ。歌いながらさんぽしていただけなのに、とつぜん頭にかたいものがあたって、目の前がまっ暗《くら》になったんだ」

「それはたいへん」ばつが悪《わる》そうにノウサギがいいました。「ぼくたち、クリの実をどっちが遠くに投《な》げられるかきそっていて、ぼくが勝《か》ったんだ」

「おいら、三十分はきぜつしていたよ」ハリネズミはふくれました。

ノウサギとクロウタドリは顔を見あわせます。「三十分前だったら、まだここにいなかったよね」とノウサギ。「はじめたばかりだからね」

「じゃあ、もうちょっと短《みじか》かったのかも」ハリネズミはあわてて、いいました。「きぜつしていると、時間がわからなくなっちゃうから」

「きぜつなんてしていなかったんだろう」クロウタドリが大きな声でいいました。「うそつき！」

「きぜつしていたかもしれないってことだよう」ハリネズミはいいました。「かなり強くあたったんだもん」

「そのときいったい、どこにいたの？」ノウサギがききました。

「たおれた木をちょっとすぎたところ」

「あんな遠くまで！」ノウサギは声をはりあげました。「あんな遠くまで投《な》げられたなんてね。びっくりだよ！」

「ふん」とハリネズミ。「おいらだったらもっと遠くへ投げられるよ。ずっと、ずっと遠くまでね。見ててよ」

「まずおれから」とクロウタドリがいいました。クロウタドリの投げたクリの実《み》は、木々の間《あいだ》に消《き》えてゆきました。

「たいしたことないね」とハリネズミ。「見ちゃいられないや」

「それならハリネズミくんのうでを見せてもらおう」とクロウタドリ。

ハリネズミはうでをうしろに引いて、あらんかぎりの力で投げました。クリの実は、高くとんだかと思うと、一メートルもはなれていないところに、まっすぐ落《お》ちてきました。

クロウタドリは、クスクスわらっています。

「どうしたんだろう」ハリネズミはびっくり。「今のはなかったことにして、もう一回やってみよう」ハリネズミはもう一度クリの実を投げましたが、またしても、ぐるっとまがって落《お》ちてきます。

「ちゃんと前に投《な》げなくちゃ」とノウサギ。「ほら、こうだよ」

「投げ方《かた》ぐらい知ってるやい」ハリネズミはむっとしていいました。

「もちろん、腕力《わんりょく》がなければできないさ」とクロウタドリ。

「腕力だってあるよ！」ハリネズミはさけびました。「むかい風のせいだよ」

「そうかな？」とクロウタドリはいい、クリの実《み》を遠くに投げました。

ハリネズミは、もう一度《いちど》クリの実をひろうと、ゆっくりした動作《どうさ》で思いっきり力をこめて投げました。でもクリの実はポトンと、すぐそこの地面《じめん》に落ちました。

クロウタドリは、ばかにしたようにわらいだしました。

ハリネズミはしょげてすわってしまいました。

ノウサギは首をふると、小声《こごえ》でいいました。「なにかおかしいよ……」

「ただ投げられないだけだよ」とクロウタドリ。

「投げられるよう！」とハリネズミはさけぶと、ぴょんと立ちあがりました。「少なくとも、きみよりはね！」

「これでおれよりうまいとはいわせないよ。だって――」

「シーッ！」ノウサギがいいました。「しずかにして。なにかきこえた気がする」

みんなは耳をすましました。「イッヒッヒッ」ときこえてきます。

ノウサギはうなずきました。「どうして気づかなかったんだろうね。おこりんぼの魔女《まじょ》だよ。魔女がなにかやっているんだ」

「魔女か！」ハリネズミは大きな声でいいました。「そうか！　魔女が、おいらが負《ま》けるようにしくんだのか！」ハリネズミはぐるりと見まわしました。「どこにいるのさ？　こっちに出てこい！」

魔女は木のかげからあらわれると、にやにやわらいながら、近づいてきました。

ハリネズミはいかりのあまり、ぴょんぴょんとびはねました。「ぜんぶおまえのせいだ！　おいらのクリの実《み》を、魔法《まほう》で地面《じめん》に落《お》としたでしょ！」

「ほんのいたずらだよ」魔女はにやにやわらっています。「じまんばかりしていたからね」

「いたずらだって！　おぼえていろよ、いたずらだなんて！　おいら……」

「ほら」ノウサギはクリの実をハリネズミにわたしました。「今度《こんど》こそ、投《な》げてみなよ」

ハリネズミはかんかんになって、おこりんぼの魔女を見ました。「魔法はなしだぞ！」

ハリネズミが思いっきり投げたクリの実は、ヒューッと森の中へとんでいきました。

ノウサギもクロウタドリも魔女も、手をパチパチたたいてくれます。

ハリネズミは自信《じしん》たっぷりにふりむきました。

「ほらね、おいら、ちゃんと投《な》げられるんだ。だれよりも遠くに投げられるのはおいらなのさ」

「そうかな」クロウタドリはいいました。「それはまだわからないよ」そういって、ひとつ投げました。

「今度《こんど》はぼくが」とノウサギ。

「わたしも、投げていいかい？」と魔女《まじょ》。ノウサギからクリの実《み》をもらって、投げます。でも、魔女のクリの実はほとんどとびませんでした。

「あっはっは！」とわらうハリネズミとクロウタドリ。「魔女さんたら、へただなあ！　ふふふ！」

魔女はむっとしてふりむきました。「だまれ！　でないと、おまえたちをだいだい色に変《か》えてやる！」

ハリネズミとクロウタドリは、びっくりして口をつぐみました。

「思ったとおりだ。なまいきなやつらめ！」魔女《まじょ》はぶつぶついいながら、のろのろ森の中に入ってゆきました。

「魔女のことを、わらったりしちゃだめじゃないか」とノウサギはいいました。

「あっちが先に、おいらのことをわらったんだい」ハリネズミはつぶやきます。

「悪気《わるぎ》があるわけじゃないんだから」とノウサギ。「とくに今回はね。それにしても、おなかがすいた。ぼくのうちで食事《しょくじ》でもどう？」

「いいねえ」とクロウタドリ。

「あとにしよう。ちょっとだけまって」ハリネズミはクリの実《み》を取《と》ると、森の中にむけて、ほうり投《な》げました。

「すっごく、うまいよ！　遠くまでとんだね！」ノウサギとクロウタドリが大きな声でほめます。

とつぜん、とどろくような足音がし、おこりんぼの魔女があき地にむかって走ってきました。

「クリの実が頭にあたったよ！」魔女はかんかんです。「わたしのぼうしに命中《めいちゅう》さ！　だれがやったんだい？」

ハリネズミはノウサギとクロウタドリにしがみつきました。

「やっぱり、すぐに食事《しょくじ》することにしよう」そういうと、ハリネズミは走りだしたのでした。

第五章　ノウサギの親切《しんせつ》

魔女《まじょ》の小屋《こや》のとびらが大きく開《ひら》いています。入り口ではおこりんぼの魔女が、魔法《まほう》の本をひざにのせ、すわっていました。なにやら考えこみながら、遠くをじっと見つめています。そこへノウサギが走って通りかかりました。

「おはよう！」と声をかけます。「きょうはいい天気だね」

魔女は返事《へんじ》をしません。ため息《いき》をつき、頭をふっています。

ノウサギは、ためらいつつも、引きかえしました。

「どうしたの？」ときいてみます。

「あとなにかが必要《ひつよう》なのさ」魔女は考えこみながらいいました。「でもなにが？」

「なにに？」

魔女《まじょ》は魔法《まほう》の本をゆびさしました。「魔法のこなを作っているんだよ。でも、ページの一部《いちぶ》がやぶれていて、あとなにが必要《ひつよう》だったのか、わからなくなってしまってね。あれこれためしたけど、ききめはなし」

「そのこな、なにに使《つか》うつもり？」ノウサギは、用心《ようじん》ぶかくきいてみました。

「魔法で白いクルミを作るんだよ」

「白いクルミ？　おもしろそう。ぼくがおてつだいしようか？」

「いいだろう。もしかしたら、おまえがなにか思いつくかもしれないからね。あとなにを入れればいいと思うかい？」と魔女。

ノウサギはまわりを見ました。「イラクサは？」

「かんそうさせたイラクサ……」そういうと

魔女《まじょ》は立ちあがりました。「ありえるね。ほら、おいで」

ノウサギは魔女のうしろについて、小屋《こや》の中に入りました。テーブルの上には、こなの入った大きなすりばちがおいてあります。魔女は戸だなから、かわいたイラクサがたっぷりつまっているびんを取《と》りだし、ぜんぶすりばちの中にふり入れました。その葉《は》っぱが細《こま》かくなるまでつぶすと、すりばちをノウサギによこしました。

「よくまぜるんだよ」と魔女。

ノウサギは一生《いっしょう》けんめい、まぜました。「へんな、みどり色のこなだね」ノウサギはいいました。「これを使《つか》ってどうしたら、白いクルミができるんだろう？」

「まあ、見ててごらん」魔女はいいました。「すぐにためしてみよう」

魔女はテーブルのまん中に石をのせました。ひとにぎりのこなを取ると、石にふりかけ、長いじゅもんを、もごもごとなえました。

ノウサギは息《いき》をひそめてまっています。

なにも起《お》こりません。

「また、失敗《しっぱい》だよ」魔女はため息まじりにいいました。

ノウサギは戸だなを見ました。「しおはどうかな？」と、きいてみました。「こしょうは？　小麦粉《こむぎこ》は？」

「小麦粉《こむぎこ》！」魔女《まじょ》がさけびました。「それだ！」

魔女は戸だなからひとさじの小麦粉を取《と》りだし、すりばちにふり入れました。

「ぼくが、まぜるよ」とノウサギ。

魔女はできあがったこなを、また石の上にふりかけて、じゅもんをとなえました。石が少しずつ変《か》わってきました。だんだん丸くなって、かるくなって、次《つぎ》のしゅんかん、テーブルの上には白いクルミがコロン。

目を見はって、ノウサギはいいました。「できたよ！　やったあ！」

「これだったのか！」魔女はよろこびの声をあげました。「小麦粉ね！　自分で気がつかなかったとは」

魔女はノウサギのうでを取ると、テーブルのまわりでグルグルとおどりました。

やがて魔女はドスンとイスにすわり、息《いき》を切らしていいました。「おまえには魔法《まほう》のセンスがあるね！」

ノウサギはエヘンとばかり、ひげをなでました。「ちょっとした、かんですよ」とひかえめにいいます。

魔女はすりばちを取ると、こなをじっと見ました。「森のみんなが知ったら、びっくりするさ。イッヒッヒッ」ひくい声でわらいました。

「それって、どういう意味《いみ》？」ノウサギはききました。

「しばらくの間《あいだ》は、森の中に、いっぱい白いクルミが落《お》ちていることだろうね、イッヒッヒッ」

ノウサギはふしぎそうに、魔女《まじょ》を見ました。「でも、いったいぜんたい、なにを白いクルミに変《か》えるつもり？」

「動物《どうぶつ》たちがじゃまだったら、ちょちょいとね」

「ど……動物たち……」ノウサギは言葉《ことば》をつまらせました。

「そうさ！　そうなったら、この森のご主人《しゅじん》さまがだれなのか、みんな気がつくわけさ」

「でも、でも、あとでどうやってもとにもどすの？」

魔女はかたをすくめました。「それはわからないね。でもまあ、そのうちに方法《ほうほう》が見つかるだろうよ！　そのときは、またおまえにてつだってもらおうかね！」

ノウサギはつばを飲《の》みこみました。「うれしいことで。ありがとうございます。でも、ぼくもう行かなくちゃ。さようなら！」

「さようなら、ノウサギ。ご親切《しんせつ》にありがとう」

ノウサギは頭をさげて、とぼとぼと家に帰りました。

「ご親切にありがとう、か」と小声でいいました。「ぼく、なんてことをしちゃったんだ！　魔女《まじょ》が動物《どうぶつ》たちをこまらせるのを、手だすけしたんだ……」

ノウサギは家のドアの前にすわりこみます。

その上をフクロウがゆったりと通りすぎようとしました。ノウサギを見つけて、すばやくおりてきます。

「どうしたのだ？」フクロウは心配《しんぱい》そうにききました。

「おそろしいことになっちゃった」とノウサギはいいました。「魔女が、ぼくたちを白いクルミに変《か》えてしまう、魔法《まほう》のこなを作ったんだ」

「白いクルミだって？　そんなの、ありえないだろう。ほんとうなのかい？」

「うん」ノウサギはぼそりといいました。「だってぼくがてつだったんだから」

「ノウサギくんが？」

「うん……」ノウサギはため息《いき》をつき、どうして魔女をてつだうことになったのか、せつめいしました。

「だからぜんぶ、ぼくのせいだ」ノウサギは、もやもやしたようすでいいました。

フクロウがかたをたたきます。「だって、そうなるとはノウサギくんにもわからなかったのだから。それにしても、これからは魔女に注意《ちゅうい》しないといけない」

「ぼくは、ただ親切《しんせつ》のつもりだったんだ」ノウサギは悲《かな》しそうにいいました。

おしつぶされそうなほどのしずけさがただよいました。

フクロウは立ちあがると、「ぼくはほかの動物《どうぶつ》たちに注意《ちゅうい》をうながしてくる。そんなにたいへんなことにはならないよ」といい、とんでいきました。

ノウサギは目をパチクリ。「そうだといいんだけど」とつぶやきます。

部屋《へや》に入ると、ノウサギはイスにこしかけ、考えこみながら、テーブルのまん中においてあった本をトントンとたたきました。

「あのこなを、どうにかして使《つか》えないものにしなくちゃ」と考えをめぐらします。「でも、中になにが入っているのか魔女《まじょ》は知っているわけだから、すぐにまた作りなおしちゃうか……」

そのとき、ドアをドンドンとたたく音がしたかと思うと、バタンと大きく開《ひら》きました。おこりんぼの魔女が、すりばちをかかえて入ってきます。「もう少してつだっておくれ」と命令《めいれい》します。「まだ、かんせいじゃなかったよ」

「えっ、そうなの？」ノウサギは、きぼうをもってききました。

「そうなんだよ、見ていてごらん」

魔女はひとにぎりのこなを本にふりかけ、じゅもんをとなえました。

本はどんどん小さくなり、どんどん丸く、白くなって、テーブルの上には白いクルミがコロン。

ノウサギはぶるぶるっと身《み》ぶるいしました。「あらら……」と小さな声でいいながら。

「ここからしっかり注目《ちゅうもく》しておくれ」魔女《まじょ》がいいました。「なにが起《お》こるか、見てごらん」

ノウサギはクルミをじっと見ました。最初《さいしょ》はなにも起こりませんでした。でも、しばらくすると、くるみはぺちゃんとつぶれて、たてにも横《よこ》にも広がって、ゆっくりと本の形になりました。

「ばんざい！」ノウサギは声をあげました。

魔女はぷんぷんしてにらみました。

「いや、ぼくの本がなくなっちゃうのかと思って」あわててノウサギはいいました。「まだ読みおわっていないんだ」

「おや、そうだったのかい」と魔女。「でも、見ただろう？　何分かすると、こなのききめがなくなっちゃうのさ。やっぱり、なにかちがっていたみたいだ」

ノウサギはもう一度《いちど》、よく考えました。「ぼく、わかった気がするよ」

「そうかい？」魔女はいじきたなくききました。「そりゃ、りっぱだ！　いっただろ、おまえには魔法《まほう》のセンスがあるって」

ノウサギはすりばちを手に取《と》りました。「もっともっと、よくかきまぜるだけだよ」そしてドアにむかって歩いてゆきます。「ちょっと外でまぜてくるね。そうでないと、部屋《へや》じゅうがこなだらけになっちゃうから」

魔女《まじょ》はうなずきました。

ノウサギは、数歩《すうほ》外に出ると、すりばちをひっくりかえし、思いっきりふきとばしました。こなは風に乗《の》って、森の中に消《き》えてゆきます。

「たいへんだ！」ノウサギは大声を出しました。「ひどいことになった！　早く来て！」

「どうした、どうしたんだい」さけびながら魔女が外にとび出してきました。

ノウサギは、からっぽのすりばちを見せました。「とつぜん突風《とっぷう》が発生《はっせい》したんだよ。とっても強い風がふいて、それで、ぜんぶなく

なっちゃった」

「わたしのこなが！」となげく魔女《まじょ》。「あんなにいろいろやったのに、ぜんぶ水のあわじゃないか！　ばからしい！」

「ほんとに、ごめんなさい」ノウサギは悲《かな》しそうな顔をしていいました。そして、魔女が見ていないすきに、すりばちの底《そこ》にまだのこっていたこなを、あわててふきとばしました。

「ばからしい！」魔女は足をドシンドシンふみならしました。「てつだってくれたから今回はおおめに見てあげるが、そうでなかったら……」

「あの突風《とっぷう》のせいだよ」ノウサギはいいました。「それに、こなのききめもあまりなかったみたいだし」

「ききめはちょっとだけだったね」魔女はため息《いき》をつきました。「それに、いったいなにをいろいろ入れたのだったか、わすれちまったよ。すべての仕事《しごと》がだいなしだ！」

魔女はノウサギの手からすりばちをうばいとり、足をドシンドシンふみならして帰っていきました。

ノウサギは大よろこびで、ぴょんぴょんとびはねました。それから、フクロウの住《す》んでいる木まで全力《ぜんりょく》で走りました。

「フクロウくん！　フクロウくん！　出てきて！」

フクロウが、葉《は》っぱの間《あいだ》から頭を出しました。

「こなはなくなったよ！　あのこなは、すぐにききめがなくなっちゃったし、それにぼくが、ふうっとふきとばしたんだ！」

フクロウはちょっと考えました。「つまり、こなはもうないということだね？」

「そうなんだ！」とノウサギ。「クルミは本にもどったし、まぜている間に、ぜんぶふきとばしたよ！」

フクロウは羽を広げ、ふんわりおりてきました。

「だったら、ほかの動物《どうぶつ》たちに、もうだいじょうぶだといいにいこう」とフクロウ。「もどってきたら、もう一回、ゆっくりせつめいしてくれたまえ」

第六章　魔女《まじょ》のほうき

ハリネズミが大いそぎで森の中を走っています。木々《きぎ》の近くをすりぬけ、何度《なんど》も心配《しんぱい》そうに空を見あげながら。

これも、おこりんぼの魔女がまた、新しいことを思いついたせいでした。ここ何日もの間《あいだ》、毎朝ほうきにまたがっては、森の中をとびまわり、ホコリタケをふりまわして、茶色いほこりのようなこなをばらまいていました。ハリネズミはやっとのことで、そのこなをトゲトゲからとりのぞいたところだったのです。

ハリネズミはすな地《ち》に来ました。かくれ場所《ばしょ》のないところを通りぬけなくてはいけません。全速力《ぜんそくりょく》でむこうがわまで走ります。でも、半分ぐらいのところで、なにかに足がひっかかり、すなの上に、ばったりたおれてしまいました。「あいたっ！」

立ちあがり、なににつまずいたか調《しら》べます。

半分すなにうもれて、長いぼうが落《お》ちていました。

「へぇぇ……」ハリネズミは、ぼうをひっぱってみます。「ほうきだ。魔女《まじょ》のほうきだ！」

すばやくまわりを見ました。だれもいません。ほうきを森の中まで持っていくことにします。

「本物《ほんもの》の魔女のほうきだ」こうふんしながらつぶやきました。「でも、ということは魔女はそんなに遠くないところにいるかも。ひとまず、安全《あんぜん》な場所《ばしょ》をさがさなくちゃ」
ハリネズミはちょっと考えました。「うちの、おいらのベッドの下だ！」
ほうきをひきずりながら、すぐに歩きはじめます。
でも、思うようにはいきません。ほうきは大きくて、重《おも》くて、ハリネズミはだんだん暑《あつ》くなってきました。

とつぜん、小道にかげが落《お》ちました。ハリネズミは悲鳴《ひめい》をあげました。ほうきを落とし、木のうしろにかくれます。

「たすけて！　魔女《まじょ》だ！」

でも、魔女ではありません。それは、小道にまいおりたフクロウでした。

ハリネズミは木のうしろから出てきました。「なんだ、フクロウくんか」ほっとしています。「てっきり、魔女かと思ったよ」

「そのほうき、どうしたのだ？」フクロウはききました。

「ひろったんだよ、すな地《ち》でね」

「それをどこに持《も》って行こうというのだ？」

「魔女のところに、決《き》まっているじゃないか」

フクロウは首をふりました。「魔女の小屋《こや》はあっちのほうだ。こっちにあるのは自分のうちだろう」

ハリネズミは目をふせました。そしてかたをすくめ、いいました。「ほうきをもどしにいったら、魔女のことだから、きっとまたキノコをふりまわすよ。だからおいらが持ってようと思うんだ」

「そんなこと、やめたほうがいいのだ」フクロウはおちつかないようすでいいました。

「ろくなことにならないから。魔女《まじょ》のほうきをぬすんだということが、ばれたときには――

――」

「ぬすんだんじゃないよ。見つけたんだ」

「――ぜったい、しかえしにくるぞ。きっと今ごろ、ほうきをさがしているだろうから」

ハリネズミは、びくびくとうしろを見ました。

「ほら、ついてきたまえ」フクロウはいいました。「いっしょにかえしに行けばいい」

ハリネズミは、「しょうがないな」とつぶやき、深《ふか》くため息《いき》をつきました。

魔女の小屋《こや》まで、いっしょになって、ほうきを運《はこ》びます。

フクロウがとびらをたたくと、魔女が開《あ》けました。「なにか用かい？」魔女はぶっきらぼうに、いいました。

「おわたししたいものがあるのだ」とフクロウ。

「わたしのほうきだ！」魔女は大声を出しました。「どうして、おまえたちがこれを持《も》っているんだい？」

「今ね、おいらが見つけたんだよ」とハリネズミ。「すな地《ち》のところで」

「おかしいねえ」魔女はいいました。「けさ、ホコリタケをさがしていたときに、そこにおいたんだ。でも、もどってきたときには、なくなっていてね。そこらじゅうをさがしたんだけど」

「風ですなの下にもぐっちゃったんだよ」ハリネズミはせつめいしました。「おいらがつまずいたんだ」フクロウに目をやります。「だからもちろん、すぐに持《も》ってきたんだよ」

フクロウはうなずきました。「すーぐにね！　ぼくは運《はこ》ぶのをてつだったのだ」

「すばらしい」魔女《まじょ》はよろこびました。「木イチゴのジュースでも飲《の》んでいかないかい？　そしたらケーキも魔法《まほう》で出そう」

「よろこんで！」とフクロウ。「木イチゴのジュースとケーキ、おいしそうだ」

「おいらは、おなかがすいていないんだ」魔女をちらっと見て、ハリネズミはいいました。

「ほうきのみはりをしてるよ」

「お好《す》きなように」魔女はそういうと中に入っていきました。

「いっしょにおいでよ」フクロウはささやきました。

「いやだよ」とハリネズミ。「魔女はおいらのトゲトゲをかたむすびにしたこともあるし、けさはキノコを投《な》げてきたんだ。外でフクロウくんのことをまってるよ」

フクロウはためらいながら、魔女のうしろについて小屋《こや》の中に入ってゆきました。とびらがバタンと閉《し》まりました。

ハリネズミはちょっとまちました。小屋《こや》からはおしゃべりと、グラスをチンとならす音がきこえてきます。ハリネズミはぬき足さし足、ほうきに近づきます。しんちょうに、またがります。なにも起《お》こりません。

ハリネズミは、ほうきのえをつかみ、ぴょんぴょんはねてみました。「こうじゃないのかな」とつぶやき、まっすぐに立つと、ほうきを空高く持《も》ちあげてみます。「これもちがうか」

ハリネズミは、ほうきを地面《じめん》におき、上にのっかると、ひくい声でいいました。「とべ！」

ほうきがうごきました。ハリネズミは、えをしっかりとにぎり、ひょい！　ゆっくり空にあがっていきます。「うかんだぞ！」ハリネズミは小声でいいました。

ほうきは、どんどんどんどん、のぼっていきます。いつの間《ま》にか魔女《まじょ》の小屋の上、木々《きぎ》の上までできていました……

「そんなに高くならないで！」ハリネズミは悲《ひ》

鳴《めい》をあげました。ほうきは、すとんとさがります。

ハリネズミが体をかたむけると、ほうきもまた、方向《ほうこう》を変《か》えます。

「もっと速《はや》く！」ハリネズミは大きな声でいいました。「もっともっと速く！」

魔女《まじょ》の小屋《こや》の上をぐるぐる、どんどん速く、どんどん高くとんでいます。

「へへん！」ハリネズミはさけびました。「みんな、どいたどいた！　空とぶハリネズミさまのお通りだ！」

「外ではずいぶん強風がふいているようなのだ」魔女の小屋の中にいたフクロウはそういうと、魔法《まほう》のケーキをもうひと切れいただきました。

魔女はグラスをおきました。「わたしはなにもきこえないけどね」

「よく耳をすましてみたまえ。あのうなるような音。それに、だれかさけんでいるようにもきこえるのだ。まさかハリネズミくんになにか起《お》きたかな？」

魔女はとびあがります。「あのばかハリネズミめ、わたしのほうきに乗《の》ったね！」とさけびました。「えいえいえい！」いきおいよく外にとびだします。

フクロウもあとにつづきます。「ハリネズミくんがいない」

「あそこだ！」魔女はどなりました。「あそこをとんでるよ。もどっておいで！」

ハリネズミは手をふり、さけびました。「すぐにもどるよ！　きょうの夜か、あしたにでも」

「もどってこい！」魔女《まじょ》は、声をからしてさけびました。「今すぐにだ！」

ハリネズミはしたを出し、ますます高くのぼります。

魔女は、もごもごとなにやらつぶやきました。すぐに、ほうきはぶんぶんまわったり、ジグザグにうごいたりしはじめました。

「やめてよう！」ハリネズミは悲鳴《ひめい》をあげました。「気持《きも》ち悪《わる》くなっちゃうよ。わかったよ、すぐにもどるから」

ほうきは、ますますジグザグをつづけ、ハリネズミはぐるぐるまわりながらおりてくると、ドシンと小屋《こや》の前に落《お》ちました。ハリネズミは地面《じめん》にころがりおり、気持ち悪そうにすわりこみます。「目がまわってる」となさけない声を出しています。

魔女は地面からほうきをつかむと、ハリネズミにつきつけました。「どろぼうめ！　ほうきどろぼう！」

「ぶたないで！」ハリネズミはおびえていいました。「地面がゆらゆらうごいていて、にげもかくれもできないんだから！」

フクロウがハリネズミの前に立ちます。「ハリネズミくんはもう二度《にど》としないのだ」といいながら。「それに、けさ、魔女さんのほうきを見つけて、正直《しょうじき》に持ってきてくれたのはハリネズミくんだ」

魔女《まじょ》はフクロウをおしのけると、ハリネズミに指《ゆび》をつきつけて、おどしました。「わたしのほうきに、あと一回でも目をやってごらん、おまえをブンブンウンチ虫に変《か》えてやる。そうすれば、いつでもとべるよ」

ハリネズミはぎゅっと目をつぶりました。「おいら、もうほうきは見ないよう、見てないよう、ほらね」

魔女はくるっとむきを変え、ほうきを持って小屋《こや》の中に入ってゆきました。とびらがバタンと閉《し》まります。

フクロウはとびらを見つめました。「まだ、ケーキがのこっていた」ため息《いき》まじりにいいました。「でも、もういいのだ」

ハリネズミは目を開《あ》けました。「ふう、地面《じめん》がやっと止まったよ。魔女はかんかんだったね」

「おこるのもあたりまえだ」フクロウはきつくいいました。「あんなことをするなんて。ハリネズミくんだって、落《お》っこちてぺちゃんこになっていたかもしれないのだぞ」

ハリネズミはあわてて立ちあがりました。「さあ、早くはなれよう」

魔女の小屋からじゅうぶんはなれると、ハリネズミはきいてみました。「おいら、すっごく高いところにいたの、見た？」

「ふむ」とフクロウ。

「それに、おいら速《はや》かったでしょ？　すっごく高くて、すっごく速かったよね！」

「ふむ」

「すぐにできたんだよ！　ほうきでとぶのって、そうかんたんじゃないのに」

「ふむ」

ハリネズミは立ちどまりました。「ほうきに乗《の》ってとんだことないでしょ、おいらはあるもんね！」

フクロウは、ばかにしたようにハリネズミを見て、いいました。「フクロウにほうきは必要《ひつよう》ないのだ」

そして羽を広げると、ゆうゆうと、とんで帰ったのでした。

第七章　薬《くすり》は失敗《しっぱい》

おこりんぼの魔女《まじょ》の、なんてごきげんななめなこと！　青い薬を作ろうとしているのに、何度《なんど》やっても思うようにできないのです。もう何時間もぐつぐつにたり、こしたり、まぜたりしているのですが、薬はどんどん茶色くなって、ますますくさくなるばかり。

「まったく、どうしたんだろうね」魔女はぼやきました。「材料《ざいりょう》はぜんぶ入っているはずなのに、それでもうまくできないとは」

もう少しまぜて、じゅもんをつぎつぎと、となえてみました。でも、薬は青くなるどころか、においがどんどんひどくなっていきます。

「ああ、いらいらする！」魔女はさけびました。そしておたまを投《な》げつけると、足をドシンドシンふみならしながら外に出て、森に入っていきました。

魔女《まじょ》がやってくるのを見たクロウタドリは、すばやくえだの間《あいだ》にかくれ、葉《は》っぱのすきまから下をのぞきます。魔女はウサギをリスに変《か》えたり、コケモモをイラクサに変えたりしています。クロウタドリは、あっけにとられてしまいました。

その場からにげると、ものすごい速《はや》さで森の中をとびまわり、つたえました。「あぶないぞ！　にげろ！　おこりんぼの魔女がまたやってきた！」

すると、あっちこっちからバタバタ、ガサガサとにげる音がきこえ、やがて森はしんとしずまりかえりました。みんな、かくれたのです。

ただフクロウだけは、のんびり森の小道を歩いていました。ぶつぶつ、ぶつぶつ、つぶやいて、頭をふっては、また、ぶつぶつ、ぶつぶつ。

「フクロウくん、家に帰るんだよ！」クロウタドリは大声でいいました。でも、フクロウの耳にはとどきません。おこりんぼの魔女は、もう来てしまいました。クロウタドリはまた葉っぱのうしろ、えだの上にかくれます。

おこりんぼの魔女が近づいてくると、松《まつ》のとがった葉はくるっとまがってしまい、ブナの木の葉っぱはぜんぶ落《お》ちてしまいました。魔女はフクロウめがけて走ってきます。でもフクロウは、魔女に気づきもしません。

「どいたどいた！」魔女はするどい声でいいました。「魔女のお通りだよ」

フクロウはうわのそらで顔をあげました。「魔女《まじょ》さんも、ごきげんよう」

「さっさとおどき！」魔女はどなりました。「でなきゃ、おまえをカナリアに変《か》えてやろう」

フクロウはぼーっとしながらうなずきます。「きょうの午後ではないほうがいいな。べつのときだったら、よろこんで」

魔女は立ちどまり、ふしぎそうにフクロウをながめました。「なんだって？」

「今ちょっと、いそがしいのだ」とフクロウ。「それに、もう少ししたら雨がふってくるぞ」

おこりんぼの魔女は大きく息《いき》をすいこみました。「わたしをからかっているのかい？」

「ぼくも、いいい、からからなのにと思っているのだ」フクロウはいいます。「けさは、とてもいい天気だったのに」

「わたしの話が、きこえているのかい？」魔女は足をドシンドシンします。「おまえをカナリアに変えてやるといっているんだ！」

「カナリアか……」フクロウは考えます。「……カナリアは、ぼくたちの森には、いないのだ。いるのはカッコウやキツツキ、それから――」

「わざと、やっているね！　わけのわからないふりかい！」

「ぼくも、わけがわからず」フクロウもお手あげでした。「いったい、なにをおっしゃっているのだか」

「ぐるるるる」とうなり、魔女《まじょ》はくるっとむきを変《か》えました。ブナの実《み》を松《まつ》ぼっくりに変え、思いっきりキックします。それから足をドシンドシンとふみならし、小屋《こや》に帰ってゆきました。

フクロウは、ぶつぶつ、ぶつぶつ、つぶやきながら歩きつづけます。

「ちょっとまって」上から声がします。見ると、えだの上にクロウタドリがすわっていました。

「クロウタドリくんか。気がつかなかったのだ」

「かくれていたのさ」クロウタドリは答えました。「おこりんぼの魔女が来たからね」

「もう帰ったのだ」フクロウはいいました。「なにかきいていたぞ。たしか、お茶でもどうだとか。それから、カナリアをさがしているだとか」

「いったい、どうしたんだい？」クロウタドリはききました。

「詩《し》を作っているのだ」フクロウは、ため息《いき》まじりにいいます。「朝からずっと。でも、ぜんぜん思うようにできない」

クロウタドリはクスクスわらいました。「ほんとうに魔女のいったことがきこえなかったのか？　フクロウくんをカナリアに変《か》えちゃおうとしていたんだよ」

「カ、カナリアに」フクロウは口ごもりながらいいました。「ぼくを？　どうして？」

「道をゆずらなかったからだよ」

フクロウはすわりこんでしまいました。羽をうちわがわりにして、あおぎます。「気がつかなかったのだ」どぎまぎしながらいいました。「一歩まちがったら、たいへんだった……」

クロウタドリは、かたをすくめました。「なにもなくてなにより。それにしても見てごらん、魔女《まじょ》がのこしていったものを」クロウタドリは、くるくるの松《まつ》の葉《は》と、まるはだかのブナの木をしめしました。「どうにかしないと」

「カナリア……」フクロウはため息《いき》をついています。

「フクロウくんはたよりにならないな」クロウタドリはつぶやきました。「ノウサギくんをよんでくるよ。すぐもどるから」

そういうとクロウタドリはとびさりました。そしてしばらくすると、ノウサギをつれてもどってきました。

ノウサギはフクロウのかたをたたきます。「フクロウくんがおこりんぼの魔女をしずめたそうだね」

「そう……」われにかえったフクロウはいいました。「まあ、つまりは、そうなるのだ」

ノウサギはあたりを見まわしました。「魔女《まじょ》はずいぶんあばれたみたいだね」

「ウサギをリスに変《か》えたりもしたよ」とクロウタドリ。「それに、コケモモをイラクサに変えてたぞ」

「それにぼくをカナリアにしようとしたのだよ」フクロウはブルブルふるえました。

「魔女にぜ〜んぶもどしてもらわないと」とノウサギ。「それも、早いところね。さあ、魔女のところへ行こう」

「魔女のところへ?」フクロウは心配《しんぱい》そう。

「そうだよ。魔女のいかりも、もうおさまっているころだから、話せばわかるさ。ついてきて」

「でも、でも――」とフクロウ。「魔女は、ぼくのことを――」

「いいから行こうぜ」クロウタドリはじれったくなってフクロウをおし、ノウサギのあとにつづきました。

魔女の小屋《こや》のとびらは開《ひら》いていました。魔女はものものしく、薬《くすり》をまぜています。

「こんにちは」とノウサギ。

魔女《まじょ》は返事《へんじ》をしません。

「魔女さんは森の中を、いろいろ変《か》えたみたいですね。魔法《まほう》でもとにもどしてもらえませんか？」

魔女はくるりとまわると、おたまをまっすぐフクロウにむけました。

「さっきはどうしたんだい？　わたしをからかってたのか、それとも、ほんとうにいっていることがきこえなかったのかい？」

「ぼくは――」フクロウはいいかけました。

横《よこ》からノウサギがわりこみました。「それは、魔女さんが魔法でぜ〜んぶもどしてくれたら、教えてあげるよ。ね、フクロウくん？」

「ええ、まあ」とフクロウ。「今そういおうと思ったところなのだ」

「わたしはなにも、もどす気はないよ」魔女《まじょ》はおこりっぽくいいました。「いってごらん、さっきはどうしたんだい？」

フクロウはなにもいいません。

「いうんだよ」魔女はおどします。「さもないと、おまえを魔法《まほう》で――」

そのとき、ノウサギがわざと小声でいいました。「どうして、魔女さんがもどさないっていうか、知ってる？ できないからだよ。やり方《かた》がわからないんだ」

「みんな、そういっているさ」クロウタドリもささやきかえしました。「むかしほど魔法ができなくなった、ってね」

「それはどうかな？」魔女はさけびました。「見ててごらん！」おたまをブンとふると、じゅもんをとなえました。

「魔女さん、できるんだ！」ノウサギは、外をさしていいました。「ブナの木を見て、それに松《まつ》の木も。すごいや！」

「ほんと、すごいね」とクロウタドリ。「これは、まったく予想外《よそうがい》だ。ウサギさんたちもリスじゃなくなったかな？」

「すべて、もとどおりだよ」と魔女。「さあ、今度《こんど》こそ教えておくれ、フクロウはなんでようすがへんだったのか」

「ぼくは、詩《し》を作っていたのだ」フクロウはせつめいしました。「詩のことを考えながら歩いていたのだ。ひっしに考えれば考えるほど、外のことがきこえなくなってしまって」

「詩とはね」魔女《まじょ》は感心《かんしん》したようす。「詩って、むずかしいのかい？」

「そうなのだ」フクロウはため息《いき》をつきました。「たやすくないのだ。すぐ思いつくときもあれば、まったく思いつかないときもある」

魔女はうなずきました。「わたしも、魔法《まほう》の薬《くすり》を作っているときはおなじだよ」そして、火にかけてあるおかまを見ました。

「だから、あんなにおこっていたの？」ノウサギはききました。

「そうさ。青い薬を作ろうとしていたのに、ぜんぜんできなくてね」

「その薬、くさいよ」クロウタドリはいやな顔をしていいました。「いいにおいのするものを魔法で作れないの？」

「たとえば、ココアとか」とノウサギ。

「リンゴのタルトもいいな」とフクロウ。「これも、なかなかいいにおいがするぞ」

魔女はむっつり、だまりこんでいます。

「きっとむずかしいんだろうな」ノウサギはいってみました。「魔女さんにはむりなのかな」

「それぐらい、できるさ」と魔女《まじょ》。ききとれない言葉《ことば》をぶつぶつとなえると、おたまで、テーブルをトントンとたたきました。すると、魔法《まほう》の薬《くすり》は消《き》えて、テーブルの上にはポットいっぱいのココアと、大きなリンゴのタルトが。

「わあぁぁぁぁ……」と声があがります。みんなはテーブルにかけよりました。

魔女もいっしょにすわります。

「魔女さんて、やっぱりすごいね」ロいっぱいにタルトをほおばって、ノウサギはいいました。

第八章　ひみつ

夕やみがせまっていた、ある日のことです。ハリネズミとクロウタドリは、ぺちゃくちゃおしゃべりしながら、森の小道を歩いていました。ハリネズミは自分の見た夢《ゆめ》の話を、クロウタドリは自分が食べたものの話をしています。それがおわると、今度《こんど》はハリネズミが食べたもののことを話し、クロウタドリは自分の見た夢のことを話しました。

とつぜんハリネズミが、「ちょっと見て」といいながら、立ちどまりました。かれ葉《は》の間《あいだ》でなにかが光っています。クロウタドリはしゃがむと、それをひろいあげました。

それは、あわい光を放《はな》つ、みどり色の石でした。

「すっごくきれいな石だね」

「石だよ！」とハリネズミ。「すっごくきれいな石だね」

「ふつうの石じゃないな」とクロウタドリ。「きっと宝石《ほうせき》だ」

「宝石……」ハリネズミはささやきました。「だったら、大切《たいせつ》にしないと」

クロウタドリもうなずきます。「おれが持《も》って帰ろう。それなら安心《あんしん》だ」

「ちょっとまった！」とハリネズミ。「おいらが持って帰るよ。最初《さいしょ》に見つけたんだもん」

「でも、ひろったのはおれだよ」

「関係《かんけい》ないよ」

「関係あるさ」

「ないよ！」

「あるさ！」

空高くでだれかがゴホンとせきをしました。それは、ゆったりとんでいる、フクロウでした。

クロウタドリは、すばやく石を羽の下にかくします。「しずかに！　でないと、宝石を見つけたことを、みんなに知られちゃうよ……」

ハリネズミはあたりを見まわします。

「おれが見つけたけど――」

「けんかはやめよう」とクロウタドリ。「おれが見つけたけど――」

「おいらが、見つけたんだよ！」

「――けど、おれたちふたりのものにしよう」クロウタドリはきっぱりといいました。

ハリネズミはちょっとだけ考えました。「いいよ。でも、おいらが持《も》って帰るぞ」

「おれが持って帰るさ！」

にらみあったまま、どちらも引きません。

「こうしよう」とうとうクロウタドリがいいました。「だれにもいわないことにして、どこかにうめるんだ。ひみつの場所《ばしょ》に」

「ひみつの場所！」とハリネズミ。「そうしよう。どこがいいかなあ？」

ぐるっと見わたして、場所をさがします。

「ここにしよう」ハリネズミがいいます。「この木のねもとがいい」

「だめだめ。ねっこがじゃまだろ」

「そこのシダの中は？」

「それじゃあ、二度《にど》と場所がわからなくなっちゃうよ」

「じゃあ、どこならいいの？」

「わかった」クロウタドリは木のまん前に立ち、いいました。「二十歩前に、十歩横《よこ》に。

ここだ！」

クロウタドリとハリネズミは、いっしょに地面《じめん》をほります。

深《ふか》いあながてきると、みどり色の石をそっと底《そこ》において、うめなおしました。

「よしよし」とハリネズミはいうと、そのひみつの場所《ばしょ》の上を、かれ葉《は》でおおいました。

「これで、わからないね」

「だれにもいうなよ」とクロウタドリ。

「もちろん、いわないさ。おいらたちのひみつだもの」

クロウタドリはためらいます。「ほんとに、ひみつを守《まも》れるの？」

「しっかり守れるよ」ハリネズミはぷんぷんです。「だれにきかれても、だまってるよ」

「やくそくできる？」

「やくそくできるさ！」

ふたりはかたく、あくしゅを交《か》わしました。

「またあしたになったら、おれたちの石を見にこよう。むかえに行くからさ」とクロウタドリ。そして、とびたちぎわに、「ほんとうに、だれにも話さないかい？」とねんをおしました。

「話さないよ！」ハリネズミはさけびました。「おいらは話さないさ！　おしゃべりじゃないからね！」

あっという間《ま》にクロウタドリはとんでいきました。

「ひみつを守《まも》れるに決《き》まってるじゃないか」ハリネズミはぼやきます。

ひみつの場所《ばしょ》の上に、さらに葉《は》っぱをまくと、ドキドキしながら森へ入ります。

「ひみつ！」と小声で歌いながら。「だあれも知らないことを、知ってるよ！　ノウサギくんだって知らないぞ！」

そうして、しばらく歩いていると、遠くにノウサギとフクロウがいました。たおれた木にもたれて、まじめな顔で話をしています。

ハリネズミは意味《いみ》ありげな顔で近づきました。

〝みんなが知らないことを、知っているもんね〟と思いながら。

そして、おなじく木にもたれかかりました。にこにこしながら、フクロウとノウサギをかわりばんこにのぞきこみます。

〝おいらはひみつがあるんだもんね！〟

じゃまされたとばかり、ノウサギが見ます。「そんなふうにわらいかけて、いったいぜんたい、なんだっていうのさ？　どうかしたのかい？」

「な、なんでもないよ」あわててハリネズミはいいました。「どうかしたんだろうかねえ

?」そして、口ぶえをふきました。

ノウサギとフクロウは目を合わせます。

「なにかあるね」とフクロウ。「教えるのだ」

「ラーラララ……」と歌うハリネズミ。

「教えてくれないの？」とノウサギ。

「くれないよ」とハリネズミ。「だって、ひみつだもん」

「ひみつかあ」ノウサギはうなずきました。「それじゃあ、教えられなくて、とうぜんだ」

フクロウは羽《は》づくろいをすると、おちつかないようすできききました。「あぶないひみつじゃ、ないだろね？　おこりんぼの魔女《まじょ》から、なにかぬすんできたとか？」

「もちろん、ちがうさ！」ハリネズミは、鼻《はな》をフンとならします。「見つけものをしたんだ」

「ああ、よかった」とフクロウ。くるっとむきを変《か》え、またノウサギとしゃべりだしました。

ハリネズミは、ノウサギのうでをひっぱります。「石なんだけど」と小声でいいます。

ノウサギが顔をあげました。「石がどうしたんだい？」

「おいらの見つけものだよ」

「おめでとう！」フクロウは、からかいぎみにいいました。「すごいものを見つけたな。石とはね！　あきれたものだ」

「ただの石じゃないんだぞ」ハリネズミは、むっとしていいました。「みどり色の石だよ。しかも光っているんだ」

「みどり色の石だって？」とノウサギ。

「光っている？」とフクロウ。

「そうだよ！　でも、だれにもいわないで。ひみつなんだから」

「ひみつか」とフクロウはうなずきます。「だからハリネズミくんも、だれにもいわないのか」

「だれにも」とハリネズミ。「やくそくだもん！」

ノウサギは指《ゆび》でトントンと木のみきをたたきました。だしぬけにいいます。「しんじられないよ。この森で、光る石なんて、見たことないもの。それ、どこにやったんだい？」

ハリネズミは地面《じめん》を見つめました。「それは、いえないよ」

「がっかり。それじゃあ、見られないじゃないか」

「木から二十歩前にすすんで、十歩横《よこ》に行ったところにうまっているんだ。でも、どの木かはいえないよ」

「ちょっとまった」とフクロウ。「ハリネズミくんがクロウタドリくんといた木のところではないのかな？　さっき空から見えたぞ」

「あたり！」ハリネズミはホッとしていいました。「そこでおいらが石を見つけて、クロウタドリくんがひろって、いっしょにうめたんだ」

「行こう」ノウサギがいいました。「もう暗《くら》くなってきたからね。すぐに行動《こうどう》だ」


しばらくして、みんなは、ひみつの場所《ばしょ》につきました。

ハリネズミは木の前に立つと、二十歩前にすすんで、十歩横《よこ》に行きました。「ここだよ」と知らせます。「でも……」

「だれかがほっていたようだね」とフクロウ。

ノウサギは、まわりを見ました。シダのところに走ってゆくと、クロウタドリをつれてもどってきました。

ハリネズミはクロウタドリにとびかかります。「石を取《と》ろうとしただろう！」

「ハリネズミくんはひみつをばらしたじゃないか」とクロウタドリ。

「ちがうよ！　みんながあてただけだよ」

「まあまあ、けんかしないで」とノウサギ。「ぼくらも、もう知っているけど、だれにもいわないよ」

「やくそくなのだ」とフクロウ。

ハリネズミとクロウタドリは、まだおこった顔でにらみあいながら、ひみつの場所《ばしょ》に行き、いっしょにほりおこしました。

「ほら、石だよ」とハリネズミ。

あなからは、ふしぎなみどりの光が放《はな》たれ、夕ぐれどきのうすやみの中でかがやいてました。

「きれいだね」とノウサギがいいました。「でも、ちょっとばかり、ぞっとするや」ノウサギは目をあげると、手を口にあてました。

フクロウも目をあげたとたん、おびえてとびのきました。

「どうしたの？」とハリネズミ。

「きみたちも光ってるよ」ノウサギは青ざめます。

ハリネズミも、クロウタドリも、あわいみどり色に光っていました。

「石の持《も》ちぬしがわかったような気がする」と小声になるフクロウ。

すると、ヒューッという音がひびき、ほうきに乗《の》ったおこりんぼの魔女《まじょ》がおりてきました。地面《じめん》にとびおり、あなから石をつかみます。

「そうか！」と魔女《まじょ》。「おまえたちが石をかくしたんだね！」

「クロウタドリくんが、見つけたんだよ」ハリネズミが泣《な》きそうな声でいいました。

「ハリネズミくんが……じゃなくて、いっしょに見つけたのさ」クロウタドリはもごもごいいました。「ここだよ、葉《は》っぱの間《あいだ》にあったんだ」

「魔女さんのだなんて、ぜんぜん知らなかったんだもん」とハリネズミ。

魔女はこれっぽっちもきいていません。手の上の石に感心《かんしん》し、うっとりと見とれていたのです。「美《うつく》しいねぇ」と小声でいいます。「夜はなおさらだ」

「なんのための石なの？」ノウサギはききました。

「ただの美しい石だよ」と魔女。「見ればわかるだろう？」

「うんうん、でも、魔法《まほう》の石じゃないの？」

魔女はクスクスわらいました。「この石にさわったものは、暗《くら》やみで光を放《はな》つのさ、イッヒッヒッ。これを魔法で作るのは、ひと仕事《しごと》だったよ」

「もとにもどるだろうね？」おちつかないようすでフクロウがたずねました。

「ざんねんなことに、もどってしまうよ。一時間もすれば、まるで光らなくなるさ」

動物《どうぶつ》たちは、ほっとため息《いき》をつきました。

「でも、もしまたこの石をなくすようなことがあったら……」魔女《まじょ》がおどすようにいいかけました。

「そしたら、みんなでさがしてあげるよ！」とすかさずノウサギはいいました。

「みんなでね！」ほかの動物《どうぶつ》たちも大きな声でいいました。

魔女はなにをいおうと思っていたのか、わすれてしまいました。ぶつぶついいながらほうきを取《と》り、とんでゆきます。暗《くら》くなった空を、みどり色にきらきら光りながら。

「みどり色の魔女だ！」ハリネズミとクロウタドリがさけびました。「あはは！　魔女が光ってるよ！」

「シーッ」とフクロウ。「一時間もすれば光らなくなるのだ」

ノウサギはあなをうめなおしました。

クロウタドリとハリネズミは、またにらめっこです。

「石を取《と》ろうとしただろ！」とハリネズミ。

「安全《あんぜん》な場所《ばしょ》にうつそうと思っただけさ」とクロウタドリ。「ハリネズミくんがひみつを守《まも》れないことは、お見とおしだったからね」

「ひみつぐらい守れるさ！　みんながあてただけだよ」

「ふざけるなよ」とクロウタドリ。そしてフクロウの羽をひっぱりました。「おれたちがまさにこの場所に、みどり色に光る石をうめたのが、どうしてわかったのさ？」

「それは……ええと」とフクロウ。「それはだね……」

ノウサギがフクロウにかけよりました。

「それはね、ひみつだよ」と、もったいぶっていったのでした。

第九章　魔女《まじょ》のようせい

森の中のあき地《ち》で、ノウサギとハリネズミはひなたぼっこをしながら、うとうとしていました。少しはなれた場所《ばしょ》では、フクロウが小声でぶつぶつ、つぶやきながらすわっています。

ノウサギはねむそうにフクロウのつぶやきをきいていましたが、とつぜん、まっすぐ起《お》きあがりました。「詩《し》を作っているの？」

「そうなのだ」フクロウは、まじめに答えます。「むずかしい詩なのだよ」

「どんな詩？」とハリネズミ。

「かしこいフクロウについての詩だ。動物《どうぶつ》たちに助言《じょげん》をする、かしこくて、年よりのフクロウの詩なのだ」

「ききたいな！」とハリネズミ。

「あんまりできていなくて」フクロウははずかしそうです。「最初《さいしょ》の部分《ぶぶん》しかできていないのだ」

「じゃあ、最初だけでも」とノウサギ。

フクロウはえへんとせきばらいをすると、よみはじめました。

かしこくて年をかさねたフクロウが
かしこくも年をへた羽をつけ……

「まだここまでなのだ」

「これでぜんぶ？」大きな声でハリネズミがいいました。「そこで、ずうっとつぶやいてたのに？」

「詩《し》というのは、むずかしいものなのだ」フクロウは傷《きず》ついたようすです。「ほうっておいてもできるものではないのだ。つづきが思いつかなくて」

「てつだおうか？」ノウサギはききました。

「どうしたらいいのだろう。かしこいフクロウに助言《じょげん》をもとめる、動物《どうぶつ》たちのすがたを思いうかべようとしているのに、思うようにイメージができないのだ」

ノウサギは、ぴょんと立ちあがりました。「みんなで、えんじてみればいいんだ！」とさけびながら。「そうすれば、ほんとうにそのすがたを見られるでしょ」

「それは、つまり――」とためらうフクロウ。「――ぼくがかしこいフクロウ役《やく》で、きみたちが……」

ハリネズミも立ちあがり、「おいらが、かしこいハリネズミ役をやるよ！」と声をはりあげました。「みんなが、おいらに助言をもとめるんだ」

「フクロウの詩《し》だ！」とフクロウ。

「いいじゃないか！　おいらがかしこくて年をかさねたハリネズミ役になって、かしこくも年をへたトゲトゲを立てるのさ。さあ、助言がほしければきいておくれ」

「かわるがわるに、かしこいフクロウ役をやればいいさ。まずはハリネズミくんということで」とノウサギはいい、フクロウをハリネズミの前にひっぱってきました。

「かしこいハリネズミさん」とフクロウ。

ハリネズミは足をふみならしました。「おまえたち、まずは、おじぎをせい！」

ノウサギとフクロウはおじぎをしました。ハリネズミはうれしそうにうなずき、ひくい声でいいます。「なにを知りたいか。わしは、なんでも知っておるぞ」

「ぼくたち……ええと……」とフクロウ。「そのう……」

「……しつもんがあります」ノウサギが言葉《ことば》をつづけました。

「なにについてかね？」ハリネズミが重々《おもおも》しくいいます。

「イッヒッヒッ」太い木のうしろからわらい声がしました。

「なにについてかといいますと……」フクロウは話しはじめましたが、すぐにやめておそるおそる木のあたりを見ます。

「おこりんぼの魔女《まじょ》だ！」とノウサギ。

「それはなしだね」とハリネズミはせっかちにいいました。「なにかべつのことをきいておくれ」

「ありだよ」とフクロウ。「魔女はそこにいるのだ」

魔女はクスクスわらいながら、木のうしろから出てきました。

「おまえたち、おかしいねえ！　これはまた、なにをしでかすつもりだい？」

「えんげきみたいものさ」ノウサギはせつめいしました。「フクロウくんの詩《し》をえんじて、どんな結末《けつまつ》になるかやってみてるんだ」

「それでね、おいらがかしこいハリネズミ役《やく》だよ！」とハリネズミ。

「おや？」と魔女《まじょ》。「かしこいつもりのハリネズミ、のことだろう、イッヒッヒッ」

「わらわないでよ！」ハリネズミはおこっていいました。「いっしょにやらせてあげないぞ」

ノウサギとフクロウは心配《しんぱい》そうに顔を見あわせます。

「いっしょに？」と魔女。「おまえたちの、そのへんなえんげきをかい？」

「そうだよ」とハリネズミ。「おいらに助言《じょげん》をもとめにくる役《やく》さ」

「わたしが、助言をもとめにだって？　ああ、おかしい！　ほらふきめ、なにさまのつもりだい。おまえのトゲトゲを、かたむすびにしてやろう、それとも……」

「魔女さんは、やさしいようせいの役だよ」すばやくノウサギがいいました。

魔女はびっくり。「おや」と、顔を赤くします。

「あそこに立って」とハリネズミ。「もう一歩そっち。よし。そこだよ」

それから、ノウサギとフクロウをうしろへおしやります。「最初《さいしょ》から、やりなおし」

ノウサギとフクロウは前にすすみました。「かしこいハリネズミさん……」

「おじぎだよ！　おじぎをしないと！」

「そうだった。かしこいハリネズミさん、助言をおねがいします。フクロウくんの詩《し》のつづきは、どうしたらいいですか？」

「それはだな」ハリネズミがひくい声でいいました。「やさしいようせいのところに行くがよい。さすればすべてがうまくいくであろう」

「わたしは詩《し》なんて、できやしないがね」魔女《まじょ》がささやきました。

「かまわないよ」とささやきかえすハリネズミ。「えんじてるだけだから」

ノウサギとフクロウは、おこりんぼの魔女の前で、深々《ふかぶか》とおじぎをしました。

「やさしいようせいさん、こんにちは……」

「あれれ！」ノウサギはおどろきました。「かわいいお花がいっぱい！」

なんと魔女のかみのけと洋服《ようふく》に、たくさんの花がついていました。

「ちょっと魔法《まほう》をかけてみたよ」と魔女。「本物《ほんもの》のようせいっぽく見えたらと思ってね」

「おいらにもできない？　おいらもおねがい！」ハリネズミは声をあげ、魔女に近づきました。

ちちんぷい！　ハリネズミのトゲトゲひとつひとつに、花がさきました。

「わあぁぁぁ……」ハリネズミはすわると、うれしそうにトゲトゲを見ました。

「で、ぼくの詩は」とフクロウ。「詩のつづきはどうしたらいいのだ？」

「その詩は、どうはじまるんだい？」魔女がききました。

かしこくて年をかさねたフクロウが
かしこくも年をへた羽をつけ……

「すごいねえ！」魔女《まじょ》は感動《かんどう》しています。「すてきだ！」

「でも、なにかが足《た》りないのだ」とフクロウ。

「ようせいが出てきても、いいんじゃないかい？」と魔女。「それとも、魔女とか？」

「ようせいね……」フクロウは考えながらいいました。「ちょっとまって。なにもいわないで！　思いついた、思いついたぞ！」

フクロウは目をぎゅっと閉《と》じると、じっと考えこみました。

みんなは息《いき》をひそめています。

「できた！」フクロウはとくいげに声をあげました。目を開《あ》けると、うやうやしくいいました。

かしこくて年をかさねたフクロウが
かしこくも年をへた羽をつけ
そしてやさしい魔女のようせいが

ドレスいっぱいに花をつけ
いっしょに助言《じょげん》をするのであった
ハリネズミやクマたちに

「やさしい魔女《まじょ》のようせいが……」と魔女は小声でくりかえします。「いっしょに助言を……すてきだね!」

「ここにはクマなんていないぞ!」ハリネズミがさけびました。

「でもハリネズミはいるよ」とノウサギ。「そのうち一ぴきは花たばみたいだけどね。あれ! 花がなくなっちゃった!」

ハリネズミはトゲトゲを見ました。花はひとつもありません。

「おまえが悪《わる》いのさ」と魔女。「詩《し》にケチをつけるからだよ。すばらしい詩だってのに。すぐに帰って、紙に書きとめておこう」

魔女はぐるりとむきを変《か》えると、ぶつぶつつぶやきながら、木の間《あいだ》をぬけて行ってしまいました。

動物《どうぶつ》たちは見おくります。

「魔女の花も消《き》えちゃったね」とノウサギ。「がっかりだ」

「おいらだって、とってもいい詩《し》だと思ってるさ」とハリネズミ。

「それに、おいらがいったとおりになったよね、やさしいようせいのところに行けば、すべてうまく行くって」

「たしかにそうだ」とフクロウ。「ときにはかしこいハリネズミだ」

ハリネズミはうなずきました。

「ほんとうに、ときどきだけどね」ノウサギは小声でつぶやきました。

第十章　あなほり、ほりほり

　ノウサギはドアの前に立ち、地面《じめん》をまじまじと見ました。「きみょうだ」とつぶやきながら。

「ノウサギく〜ん」と声がします。目をあげると、森の小道をハリネズミが、片足《かたあし》をひきずって歩いてくるところでした。

「どうしたんだい？」とノウサギ。「ころんだの？」

「足首をくじいちゃったんだよう」ハリネズミはうったえました。「いつの間《ま》にか、小道に深《ふか》いあながきていて、みごとに落《お》っこちちゃったんだ」

「ここにも、深いあながあるよ」とノウサギ。「ここのドアのまん前だよ。たった今、発《はっ》見《けん》したんだ」

「あっちに、もうひとつある」とハリネズミ。「あっちのしげみのとこ」

「どうなってるんだろう」とノウサギ。

「だれがこんなあなをほったんだろう？」

そこに、フクロウがあわててとんできました。

「ノウサギくん」せかせかとしゃべりだします。「話があるのだ。なんだか、おかしなことになっているぞ」

「どうかしたの？」

「さっき家から出たら――」とフクロウ。「家の木の前に、なにがあったと思う？」

「あなでしょ？」ハリネズミがたずねます。

「あなが、三つあったのだ」とフクロウ。

「三つも？」ノウサギは大声を出しました。「こんなあなだった？」

「そうなのだ！」とフクロウ。「でも、もっと深《ふか》かったな」

「森の小道のあなは、もっと深かったぞ」とハリネズミ。「そこで、足をくじいちゃったんだ。ほら、歩けなくなっちゃうところだったよ」

「とちゅうにもあったぞ」フクロウは不安《ふあん》そうにいいました。「これはふつうじゃありえない。おかしいのだ、これは……」

ノウサギは考えこみ、うなずきました。「これはとても、きみょうだぞ。だれがこんなことをするだろう？」

「おこりんぼの魔女《まじょ》にきまっているよ！」ハリネズミがさけびました。「ほかにだれがいると思う？」

ノウサギは首を横《よこ》にふりました。「ぼくはちがうと思うな。こんなこと、おこりんぼの魔女はしないさ」

「そうかなあ？」とハリネズミ。「おいらのトゲトゲをかたむすびにしたりするんだぞ、なんだってやりかねないじゃないか」

「ちがうね」ノウサギは答えました。「じゅもんや薬《くすり》ならともかく、あなをほったりはしないと思うよ。魔女《まじょ》らしくない」

「これはふつうじゃないのだ」とフクロウがつぶやいています。「もしかしたら、大きなあなほり虫とか、あなほり病《びょう》かもしれない、もしくは……」

「行こう」とノウサギがいいました。「魔女のところに行ってみよう。もしかしたら、魔女のところでも、地面《じめん》にあながあいているかもしれないからね」

「それとも、魔女があなをほっているかもしれないぞ」ハリネズミもぶつぶついいながら、ついてゆきました。

「足のぐあいはどうだい？」フクロウがききました。

「足？」きょとんとするハリネズミ。「ああ、足ね！　ずいぶんよくなったみたい」そしてまた、片足《かたあし》をひきずって歩きだしました。

「見て！」とノウサギ。「あっちにもひとつ」

「そのわきにもあるぞ」フクロウもびくびくしながらいいます。「どんどんふえているのだ。これは病気かもしれないぞ。でんせんする病気かも」

おこりんぼの魔女の小屋《こや》につくと、とびらの前では、魔女がおこった顔でスコップをせっせとうごかしていました。

「ほらね！」声をあげるハリネズミ。「やっぱりそうだ。魔女がやったんだ！」

「あのスコップじゃ大きすぎるよ」とノウサギ。「あれじゃあ、むりだよ。きっと、魔女《まじょ》はあなを、うめているんだよ」

魔女は動物《どうぶつ》たちをキッとにらみました。「おまえたちかい、わたしの小屋《こや》のとびらの前にあなをほったのは?」

「ちがうよ」とノウサギ。「ぼくたちもそのことで、ここに来たんだ。ぼくのところのドアの前にも、あながあって」

「うちは三つなのだ」とフクロウ。

「わたしは四つだよ」もう魔女はかんかんです。

「おいらは、こ～んなあなに落《お》っこちて、足首をくじいちゃった」とハリネズミ。「そこの、雨水おけのわきにあるあなと、おなじようなやつだよ」

「五つめだ!」魔女はスコップを地面《じめん》にたたきつけました。

「これはふつうじゃないのだ」フクロウはふるえ声です。「おそろしいことだ。ぶるぶるぶる……」

「いつか、こいつらをつかまえたら……」魔女がつぶやいています。

ノウサギは魔女にかけより、「魔女さんを守《まも》ってあげるよ!」といいました。

魔女はびっくりしてノウサギを見ました。「なにから守ってくれるんだい?」

「あなほりかいじゅうからね」とフクロウ。「大きなあなほり虫かもしれないし、あなほりおばけかもしれない」

「おばけは見てないね」魔女《まじょ》はぶっきらぼうにいいました。「見つけたら、ただじゃおかないよ。えいえいえい」

「みんなでこれから調《しら》べてみよう」とノウサギ。「魔女さんはほうきに乗《の》って、森のこちらがわを見てきて。フクロウくんはそっちがわをとぶんだ。ぼくは森じゅうを走りまわってみるよ。そうすれば、きっとなぞはとけるはずだ」

「おいらは?」とハリネズミがききます。「おいらはどこをさがせばいいの?」

「ここにいればいいよ。足首をくじいているからね」

「もうなおったやい! ぼく、さんかしたいもん! あなほりかいじゅうをつかまえてやる!」

「よし。じゃあ、すな地《ち》を見にいって」

「すな地だって!」と、つまらなそうなハリネズミ。「あそこになにがあるっていうんだい? あそこで、なにか起《お》きたためしがないじゃないか。ぼくもノウサギくんといっしょに走りまわっちゃだめなの?」

ノウサギは、魔女とフクロウにウインクしました。「すな地ほど、だいじな場所《ばしょ》はないよ。あながたっぷりほれそうだからね」

ハリネズミは、思わず顔をほころばせました。「おいらがつかまえてやる!」とさけびます。「あなほりかいじゅうめ、まってろよ! ハリネズミさまの参上《さんじょう》だ!」そういうと、元気よく歩いてゆきました。

トゲトゲのあるかぎり
こわいものなんてないのさ

と、思いっきり大きな声で歌います。とちゅうで、ハリネズミはあなをさらにいくつか見つけました。おぼえておかなきゃ。ノウサギくんにほうこくだ。

ハリネズミはずんずんとすな地《ち》まですすみます。そこでようやく立ちどまると、すな地を見まわしました。

だれもいません。それに、とてもしずかです。

「だれかいるのかい?」ハリネズミは大きな声でいいました。しずかなままです。

「ハリネズミさまだぞ! あなほりかいじゅう、こうさんしろ!」

返事《へんじ》はありません。

ためらいながらも、ハリネズミは先にすすみます。

「うわ！　あなだ！　ほらね、こっちもだ」

なにかがきこえました。まるで、どこかでだれかが、ひそひそ話しているようです……。

ハリネズミはびくびくしながら、見まわしてみます。なにも見えません。でも、やっぱりひそひそ声とあなをほる音がきこえます。

「たすけて！」とハリネズミ。くるっと方向《ほうこう》てんかんすると、森にむかって走りだしました。そのとき、おかしそうにクスクスわらいだすのがきこえてきました。

ハリネズミは立ちどまり、ちらりとふりむきます。

「おやおや……」そっといいました。十二本の耳が、すなの山のかげからとびだしていたからです。

ハリネズミはそろりそろりと、そのすな山まで行くと、うしろをのぞきこみました。そこでは、六ぴきのウサギちゃんたちが、クスクスわらいながら、はしゃぎまわって、あなをほっていました。

「おい！」とハリネズミ。「きみたちが、あなほりかいじゅうの正体《しょうたい》か！」

ウサギちゃんたちは、キャッといい、ハリネズミにすなをかけました。「そうよ！　あたしたちみんなで、あちこちあなをほってるの！　森じゅう、あっちこっちにね！　かわりばんこに！」

「どうして？」ハリネズミはききました。

「どうしても！　なんとなくね！　だって、おもしろいんだもん！　だれがいちばん深《ふか》いあなをほれるか、ってね！」

「でも、あぶないだろ！」とハリネズミ。「だれかが落《お》ちて、足首をくじいちゃうかもしれないよ！」

ウサギちゃんたちは、びっくりして目が点になりました。それから、みんないっしょになってぴょんぴょんとびはね、大きな声でいいました。「じゃあ、ちがうことをしよう！　だれか、いいアイデアなあい？　だれが最初《さいしょ》に新しいこと思いつくかな！」

「まず、みんなでノウサギくんのところに行こう」ハリネズミはきつくいいました。「きみたちがあなをほったことを、ほうこくするんだ」

「そんなの、しかられるに決《き》まってるもん！　いやだよーだ！　自分だけ行けばいいじゃない！」とウサギちゃんたち。そしておしあいへしあいしながら、あっという間《ま》にぴょんぴょん、すな地《ち》のむこうがわまでにげていきました。

ハリネズミはそれを見つめ、そしてあなに目をむけました。

「おいらがなぞをといたぞ」とくいになっていいます。「あなほりかいじゅうがだれかわ

かったんだ。早くみんなにつたえなくちゃ」

ハリネズミはかけあしで、おこりんぼの魔女《まじょ》の小屋《こや》までもどりました。

ちょうど、魔女も空からおりてくるところでした。

「魔女さん！」息《いき》を切らしてハリネズミが声をかけます。「はんにんがわかったよ！　あなほりかいじゅうを見つけたんだ！」

魔女はほうきをかべに立てかけました。「おだまり」と、ごきげんななめです。「森の上を三回とんで、そこらじゅう見たけど、なんにも見つからなかったよ。なんにもね！」

「おいらが、見つけたんだってば」とハリネズミ。「はんにんは――」

「フクロウが帰ってきた」魔女がさえぎります。「なにか発見《はっけん》したかも」

フクロウがおりてきました。

「どうだった？」と魔女。

フクロウは首をふります。「ほかにもあなを見つけたが――」とフクロウ。「――でも、それだけ。あなほりおばけは、じょうずにかくれたものだ」

「おばけじゃないんだよ」ハリネズミは大きな声でいいました。「あれはね――」

そこにノウサギが走ってきました。「みんな、なにか見つかった？」

「ぜんぜんだよ」と魔女《まじょ》。

「あなだけなのだ」とフクロウ。

「おいらは――」ハリネズミはいいかけました。

「ぼくは森じゅう、さがしたんだ」ノウサギがすかさず話しはじめます。「あっちこっち行ったんだよ。新しいあなをいくつか発見《はっけん》したけど、はんにんの手がかりはまったくなしだ」

ハリネズミはノウサギのうでをひっぱりました。「きいてよ！　おいら、つきとめたんだ――」

ノウサギはハリネズミをおしのけました。「ちょっとまってて。今、とりこみ中なんだ、話はあとできいてあげるから」

「じゃあ、いいよ！」ハリネズミはかんかんです。ふくれて、地面《じめん》にすわりこみます。

「どうすればいいだろうか？」とフクロウ。

「いい計画《けいかく》がある」もったいぶってノウサギがいいました。「動物《どうぶつ》たちに知らせて、かわりばんこにあなのみはり番をするんだ。もしあながふえるようなことがあったら、すぐに連絡《れんらく》してくれるよう、小鳥さんたちにたのんでおこう。それなら、ぜったいにはんにんがわかるさ」

「はんにんめ、おぼえておいで」魔女《まじょ》はふきげんにいいます。

フクロウは羽《は》づくろいをしながらささやきました。「もしかしたら、目に見えない、あなほりおばけだったりして。だとしたら、いつまでたってもわからないだろう……」

「だれも話をきこうとしないんだったら、そうかもね」ハリネズミはむっとしていいました。

「だれの話をきけというのかい？」と魔女。

「おいらだよ！」ハリネズミは答えました。大きく息《いき》をすうと、早口で話しだしました。

「おいらは、あなほりかいじゅうを見つけたんだ。ウサギちゃんたちだよ。でも、おいらがとても危険《きけん》なことだとせつめいしておいたから、もうあなはほらないってさ。さあ、おいらは足にほうたいをまかなくちゃ。あいたたた」ハリネズミは片足《かたあし》をひきずり、行ってしまいました。

しんとしずまりかえりました。

ノウサギがせきばらいをしました。

魔女《まじょ》は自分のくつを見ました。

「ウサギちゃんたちね」フクロウはほっとしていいました。「そうなのだ。そんな気がしていたのだ」

「やっかいな、おちびさんたちだ」と魔女。「つかまえてやろう！」

「もういいじゃない」すばやくノウサギがいいました。「それより、いいこと思いついた。みんなで……えっと……ハリネズミくんにケーキを焼《や》いてあげよう。くだものがいっぱい入った、大きなケーキなんてどうかな？」

「木の実《み》がたっぷりのケーキがいいのだ」とフクロウ。

「あながたっぷりのケーキはどうかな、イッヒッヒッ」魔女がわらいます。

「それがいい！」とノウサギ。「くだものと木の実と、それからあながたっぷりの大きなケーキだ」

ハリネズミは、えがおでもどってきました。「あなはひかえめでおねがいします！」とさけびながら。

第十一章　平和《へいわ》な夕方

ある暑《あつ》い日のこと。えだの間《あいだ》にも熱《ねつ》がこもって、日かげにいても暑いほどでした。

夕方ごろ、ハリネズミは森の中を、ぬま地《ち》にむかって、とぼとぼ歩いていました。水辺《みずべ》のほうが少しはすずしいかと思ったのです。

ぬま地についてみると、すでに先客《せんきゃく》がいました。

ノウサギが岸辺《きしべ》にこしかけ、足を水につけていたのです。ハリネズミに手をふっています。「おいでよ！　気持《きも》ちいいよ」

ハリネズミはとなりにすわると、おなじく足を水につけました。

「ふう。もっと早く思いつけばよかったよ」

「ぼくのほうが先に思いついたみたいだね」と満足《まんぞく》げなノウサギ。「しばらくここですずんでいたんだ」ノウサギは、ひらたい小石をぬまにむかって投《な》げました。小石はぴょんぴょんと水面《すいめん》をはねていきます。「こんなふうに、水切り、できる？」

「できるよ」というと、ハリネズミは目をつぶりました。「でも、あとでね。まずはすずんでから」

ノウサギは、もう一度、小石を取《と》って水切りしました。

「そんなにうるさくしないでよ」とハリネズミ。

「うるさくないでしょ。ほとんど音はきこえないよ」

ハリネズミは目を開《あ》けました。「じゃあ、あのザブザブって音はどこから？」

「そこの背《せ》の高いアシのうしろからだ。だれか泳《およ》いでいるのかも」

ザブザブという音が近づいてきます。

ノウサギとハリネズミは、なんだろうとア

シを見つめました。ぼうしが見えた、と思ったら、おこりんぼの魔女《まじょ》があらわれました。

スカートのすそをぐいっとたくしあげ、岸《きし》にそって、ゆっくりと水の中を歩いています。

「魔女も、水の中を歩いてるよ」とノウサギがささやきます。

「いやだな」とふくれるハリネズミ。「ちょうど、おいらがしずかにすわっているときにかぎって、魔女がやってくるんだもん」

「どうってことないよ。こんな大きなぬまなんだから」

「そりゃそうだけど。でも、しばらくしたら、おいらたちに魔法《まほう》をかけようとするぞ」

「そんなことしないさ」とノウサギ。「魔法をかけるには、暑《あつ》すぎるよ」

魔女はザブザブ歩きながら近づいてきました。

「こんにちは！」とノウサギ。「水は気持《きも》ちいいよね」

ハリネズミはわらいだしました。

魔女がキッとにらみます。「なにがおかしいのかい？」

ハリネズミはゆびさしました。「スカートが水の中にたれているよ」

魔女はむっとして、スカートのすそを、たくしあげました。「わらう必要《ひつよう》はないと思うがね」とがみがみいいながら。

「あるよ！」ハリネズミはクスクスわらっていいました。「だって、今度《こんど》はスカートのうしろが水にたれてるんだもん」

「おやめ！」魔女《まじょ》がおどしました。

「わらうのぐらい、おいらの勝手《かって》でしょ？」

「わたしをわらうのは、なしだ」と魔女。「やめないか、さもないとおまえをトゲウオに変《か》えてしまうよ」

「やめて！」ハリネズミはさけび、足をバタバタして、魔女に水をはねかけました。

思わず、魔女は一歩うしろにさがりました。が、そこはぬま地《ち》が深《ふか》くなっているところ。バランスをくずして、水の中にドボン……。

ハリネズミとノウサギは、びっくりして立ちあがりました。

魔女はむせて、せきこみながらういてきました。かんかんになって岸《きし》まで泳《およ》いできます。

ハリネズミはにげだそうとしましたが、ノウサギが引きとめました。「ここにいるんだ。魔女さんもたすけがいるかもしれないだろ」

「トゲウオに変えられちゃうよ」ハリネズミは泣《な》き声を出しました。「魔女はぷんぷんだよ、ほら」

ノウサギは、ゆうゆうと泳いでくるおこりんぼの魔女を、おそるおそる見ました。

「水って、気持《きも》ちいいよね？」ノウサギは自信《じしん》なさげにきいてみました。

魔女《まじょ》は顔をあげました。おどろいたようすで、「そうだね！」と答えます。水にぷかぷかただよったかと思うと、バシャバシャ音をたて、ぐるっと泳《およ》いでまわります。

「こんなに暑《あつ》いときは、泳ぐのがいちばん」とノウサギ。

「すずしくなって、気持《きも》ちいいよね」とハリネズミ。

魔女はもう一度《いちど》、水の中にもぐり、岸《きし》までよってきました。

「気持ちよかったよ」といって、水から出てきました。びしょびしょになって、岸にあがります。

ハリネズミは口に手をあて、わらいをおさえました。

魔女はハリネズミをキッとにらみます。

りよ「またかい？」

「まるで、滝《たき》みたいなんだもん」クスクスわらうハリネズミ。

「もうたくさんだ！」魔女《まじょ》はきんきん声をあげました。「びしょびしょになったのは、おまえのせいなんだから。魔女がわらわれて、たまるものか！」と、ハリネズミにせまります。

ハリネズミは一歩うしろにさがりました。もう一歩、さらにもう一歩……ザブン！　とうとう、水に落《お》ちてしまいました。

魔女はゲラゲラわらっています。「水は気持《きも》ちいいだろう？」とどなりつけながら。

ノウサギは走っていって、ハリネズミをたすけました。

ハリネズミはびしょびしょになって、魔女の横《よこ》に立ちました。「わらわないでよ！」とかんかんです。

「まあまあ、ここにひとまず、すわりなよ」とノウサギ。「こんな天気だから、すぐにかわくさ」

しばらくすると、みんなはならんで水ぎわにすわっていました。

ノウサギは石をひろいます。「魔女さんは、これできる？」そういうと、小石を取《と》って水切りしました。

魔女《まじょ》もやってみました。魔女の石はぬまの中に消《き》えてしまいました。

「平《たい》らな石をえらぶのがこつだよ」とハリネズミ。「それでね、ヒュッと投《な》げるんだ。こうだよ」

魔女はもう一度《いちど》投げてみました。「ちょっとはうまくいったかな」と、うれしそうです。

「今度《こんど》はおまえの番だ」

ノウサギは、ゆめみごこちで石を見ました。「なんて、平和《へいわ》な夕方なんだろうね」

「ほんとだねえ」と魔女。「それに、魔法《まほう》をかけるにも暑《あつ》すぎるよ」

「あわててにげるにも、暑すぎる」ハリネズミはそういうと、足を水の中につけました。

第十二章　森の歌

　ある夕方のこと、ノウサギとクロウタドリはさんぽをしていました。

「フクロウくん、どうしたんだと思う？」とノウサギはききました。「ここのところ、とても気がめいっているみたい」

「そんなに、明るいやつじゃないぞ」とクロウタドリは答えます。

「明るくはないけど、あんなにめいっているフクロウくんは、はじめてだから」

「おれが思うに」クロウタドリがもったいぶっていいました。「なにか心配《しんぱい》ごとがあるんじゃないかな。だからね……」

「シーッ」小声でノウサギがいいました。「あそこにいるよ」ブナの木をゆびさしました。

　フクロウは、ひくいえだにとまり、ふさぎこんだようすでつぶやいていています。「ああ、森に生《お》いしげる木々《きぎ》は……」

じっと考えこみ、ため息をつくと、くりかえします。「ああ、森に生いしげる……」

「木々はどうしたっていうんだい？」クロウタドリが声をかけました。

フクロウはびっくりして、下を見ました。「きみたちか、気がつかなかった。さっきから詩《し》を作っているのだけど、どうもうまくできなくて」

「それで、木々はどうしたっていうんだい？」クロウタドリはもう一度《いちど》きいてみました。

「いやいや」フクロウはてれながらいいました。「ぼくの詩の一行《ぎょう》めなのだよ。美《うつく》しくて、悲《かな》しい詩にしなければならないのだ。ぼくに詩を作るのはむりなのかもしれない」

「そんなことないよ」とノウサギ。「ひとまず、きかせてよ」

フクロウはえへんとせきばらいをすると、重々《おもおも》しい口調《くちょう》ではじめました。

ああ、森に生いしげる木々は
すっかり老《お》いぼんでしまった

ノウサギとクロウタドリは顔を見あわせました。

「わかい木だってあるんじゃない？」とノウサギ。

「しげみもあるよね」とクロウタドリ。

フクロウは、悲《かな》しい顔でうなずきます。「さっきもいったように、うまくできないのだ」

ノウサギはくちびるをかむと、あわてて「とても美《うつく》しいひびきだよ」といいました。

「その先は、どうなっているの？」

ああ、森々《しんしん》とそびえる木々《きぎ》は
葉《は》を深々《しんしん》と落《お》とす

「そんなこと、あらためていうまでもないだろ」とクロウタドリ。「秋になれば、いつもそうさ」

ノウサギは、クロウタドリをこづきました。

ああ、ぼくらをかこむ木々はきのどくにも
こどくを感《かん》じているのかもしれない

フクロウは口をつぐみ、自信《じしん》なくノウサギを見ました。

「美《うつく》しい」とノウサギ。「美しくて、悲《かな》しいよ」

「おれは、楽しい詩《し》が好《す》きだな」とクロウタドリ。「明るい詩は作れないの？」

「そういう詩は、明るい気分のときじゃないと作れないのだ」と、フクロウはため息《いき》まじりにいいます。「今は、ぜんぜん明るい気分じゃないのだ」

「いったいどうして？」

フクロウはえだの上で、ゆらゆら体をゆらしていいました。「ぼくは、自分が詩人《しじん》でないということに、気がついてしまったのだ。ぼくの詩は、美しくない」

ノウサギはなにかをいおうとしましたが、なにをいったらいいのかわかりませんでした。

「ぼくはいつも詩人でありたい、と思っていた」フクロウはしょんぼりしていいました。

「でも、だめだった。家に帰るとしよう」羽を広げると、ゆっくりととびさりました。

ノウサギは、それを目で追《お》いかけました。「ぼくたちって、なんてまぬけなんだ」

「まぬけだって？」クロウタドリは気に入《い》りません。

「そうだよ。フクロウくんは、ずっとしずんでいたのに、ぼくたちが詩に対《たい》してよけいなことをいったから、もっとしずんじゃったよ」

「おっと」とクロウタドリ。「でも、おれのいったことはあたっていただろう。フクロウくんはなにか心配《しんぱい》ごとがあるって」

ノウサギはすわりました。「フクロウくんをたすけてあげなくちゃ。そうでもしなかったら、一生詩《し》を作らなくなっちゃうよ。あんなに大好《だいす》きなのに」

「おれもてつだうよ」とクロウタドリ。「でも、ことばあそびはちょっとできないな。歌うのはできるけど、ことばを考えるのはごめんだね」

ノウサギは地面《じめん》をトントンとけり、考えながら遠くを見つめました。

するとぴょんととびあがりました。「歌うんだ！」といいながら。「それだよ！　クロウタドリくん、さっきの森の詩に美《うつく》しいメロディーをつけられる？」

「美しくて、悲《かな》しいメロディーかい？」とクロウタドリ。「森の歌ってこと？」

「そう！　それで、みんなでフクロウくんに歌ってあげるんだ。自分の詩が聞こえてきたら、いかに美しいか、わかるだろう」

「そんなに美しくもない気がするけど」とクロウタドリはつぶやきました。

「歌えば美しくなるよ」とノウサギはいいました。

次《つぎ》の日の夕方、ノウサギはフクロウの住《す》んでいる木まで走っていきました。フクロウはドアの前でうずくまっています。

「詩《し》のすすみぐあいはどう？」ノウサギはききました。

フクロウは頭をふりました。「詩を作るのはやめたのだ。きっぱりね。どうせ、できないのだから」

「フクロウくんならできるよ」とノウサギ。

フクロウはなにもいいませんでした。

「ぼくたち、びっくりすることを用意《ようい》したんだ」ノウサギはもったいぶっていいました。

「そんなのいいよ」フクロウはぼやきました。「気にしないでおくれ」

ノウサギはうしろをむき、手をふりました。

クロウタドリが木のうしろから出てきて、口ぶえで合図《あいず》すると、フクロウのいる木のまわりから動物《どうぶつ》たちがあらわれました。ハリネズミ、リス、コウモリ、たくさんのウサギたちに、たくさんの小鳥たち……

「注目《ちゅうもく》！」ノウサギが大きな声でいいました。「さん、はい！」

動物たちは歌いだします。

ああ、森に生《お》いしげる木々《きぎ》は
すっかり老《お》いぼんでしまった

ああ、森々《しんしん》とそびえる木々《きぎ》は
葉《は》を深々《しんしん》と落《お》とす
ああ、ぼくらをかこむ木々はきのどくにも
こどくを感《かん》じているのかもしれない……

中には、ちゃんとおぼえられなかった動物《どうぶつ》もいたので、ところどころ、音がずれていましたが、小鳥たちが大きな声で歌ってくれたので、あまりめだちませんでした。

歌いおえると、ノウサギはきいてみました。

「ねえ？　どうだった？」

フクロウは言葉《ことば》がありませんでした。そして、かすれた声でいいました。「すばらしい、すばらしい。ぼくの詩《し》が、こんなに美《うつく》しくひびくなんて、考えたこともなかった……」

「メロディーも美しいだろ」とクロウタドリ。

「それに、歌声も美《うつく》しかったよね」とハリネズミ。

「そうだけど」とノウサギはつづけます。「そもそもフクロウくんの詩《し》がなかったら、この歌はできなかったわけだし」

「そうだ、そうだよ」と動物《どうぶつ》たちも声をあげました。「フクロウくん、ばんざい！　すばらしい詩人、ばんざい！」

フクロウはきゅうにうれしくなって、じっとしていられなくなりました。羽をバタバタさせ、うっとりとつぶやきました。「ぼくは詩人なのだ！　ほんとうの――」

「えいえいえい！」

「――詩人なのだ」そう声をしぼりだしてから、おそるおそる横《よこ》を見ました。

しげみの間《あいだ》に、おこりんぼの魔女《まじょ》がいます。

「いったいここで、なにをしているんだい？」きんきん声をあげます。

「な、なんでもないよ」ノウサギがもごもごと答えました。「ちょっと、みんなで歌を歌っていただけで」

「歌……」魔女は信用《しんよう》できないとばかり、動物たちをじゅんばんに見ました。「わたしをばかにする歌でも、歌っていたんだろう！」

「いえいえ、ほんとうにしてません、ちかってしてません。そんなことできませんよ！」

あっちこっちから動物《どうぶつ》たちの声がしました。
「しんじられないね」と魔女《まじょ》。ゆっくり前に出ると、フクロウの木の前にすわりました。
「その歌をきかせてもらおうかね。わたしについての歌だったら、おまえたちをみんな、くさいスッポンタケに変《か》えるからね」
「さん、はい」ノウサギが合図《あいず》すると、みんなはもう一度《いちど》、歌いだしました。

ああ、森に生《お》いしげる木々《きぎ》は……

魔女の顔がだんだん青くなってきました。目をぱちぱちしています。

ああ、ぼくらをかこむ木々はきのどくにも
こどくを感《かん》じているのかもしれない……

最後《さいご》の音がだんだんと消《き》えてゆきました。しばらくしずけさがただよいます。そのとき、鼻《はな》をすする大きな音がきこえました。
動物たちはつっつきあいながら、魔女をさしました。

「うえぇぇぇん！」魔女《まじょ》は泣《な》いています。「うえぇぇぇん！」

ノウサギは魔女のところまで歩いてゆき、かたをたたきました。「まあまあまあ」とえんりょがちにいいます。

魔女は鼻をチンとかむと、大きくため息《いき》をつき、つぶやきました。「なんて美《うつく》しいんだろうね、ほんとに美しい」

魔女は顔をあげました。動物《どうぶつ》たちはどぎまぎしながら、まわりに立っていました。魔女は声をひそめてわらいだします。

「イッヒッヒッ、おまえたち、なにをまぬけな顔で見ているんだい、イッヒッヒッ」

「魔女さんが泣いているから、かわいそうと思ったんだよう」とハリネズミ。

「悲《かな》しい歌のときには、泣いてしまうくせがあってね。悲しいわけじゃない、気持《きも》ちがいいのさ」

「へんなの！」とハリネズミ。

「へんじゃないのだ」とフクロウ。「ぼくも、いつもそんな気持ちになるぞ」

魔女はうなずきました。「わたしは悲しい歌が大好《だいす》きでね。悲しければ、悲しいほどいいのさ」

「では、また詩《し》を作ろう」とフクロウはやくそくしました。

「もっと悲《かな》しい詩《し》を？」

「もっと、ずっとずっと悲しい詩を！」

魔女《まじょ》は満足《まんぞく》し、にこやかにわらいました。

「おれには、楽しい詩を作ってくれないか？」とクロウタドリ。

「もちろん！」にこにこしてフクロウは答えました。「また明るい気分になったから、どんと来いなのだ！」

第十三章　おこりんぼの魔女《まじょ》、クッキーを焼《や》く

魔女の小屋《こや》のまわりには、あまいにおいがただよっていました。おこりんぼの魔女が、クッキーを焼いていたからです。大きく開《あ》けた窓辺《まどべ》には、すでに大きなお皿《さら》いっぱいのクッキーが、さますためにおいてありました。

「おかし作りって、まるで魔法《まほう》のようだね」と魔女は満足《まんぞく》げにいいました。

外でカサコソと音がしました。

「さっきからきこえているのは、なんだろう？」魔女はつぶやきました。窓のところを見てみます。「おやおや！　お皿いっぱいクッキーがあったはずなのに」

窓のところにおいたお皿にあったのは、少しのクッキーだけ。

また外でカサコソと音がしました。

魔女《まじょ》はのぞいてみましたが、だれも見あたりません。カーテンのうしろにかくれて、外をみはることにしました。

ハリネズミがこっそり歩いてきます。ささっとクッキーをお皿《さら》の上からつかむと、パクパク食べながら、木のうしろにかくれました。

「やっぱり、思ったとおりだ」とつぶやく魔女。「ようし、こうかいさせてやる。えいえいえい」

魔女は薬《くすり》だなのところへ行って、ブリキの缶《かん》からスプーンひとさじの白いこなをすくうと、いちばん手前にあるクッキーにふりかけました。

「まるでこなざとうだ。イッヒッヒッ」とほくそえみます。

そしてまた、カーテンのかげにかくれました。

そこにハリネズミがまたやってきました。いちばん手前のクッキーをすばやく取《と》ると、すたこらにげてゆきます。

魔女はとびらを思いっきり開《あ》けると「おいしいかい？」と大きな声でいいました。

立ちすくむハリネズミ。ふりかえりつつも、にげるじゅんびはできています。でも、魔女はじっとげんかん先に立っています。

「おいしいよ」ハリネズミは答えました。「とっても、とっても、おいしいよ。でも、この最後《さいご》のだけは、ちょっとしおからいや」

「それはしおじゃないよ」魔女《まじょ》はクスクスわらいました。「もうひとつどうだい？　こっちまで取《と》りにおいで、イッヒッヒッ」

ハリネズミは不安《ふあん》げに魔女を見ました。

「おいで。部屋《へや》の中にはもっとたくさんあるからね」

ハリネズミは足を一歩出しました。そのとたんに、びっくり。ぜんぜん前にはすすまず、うしろに行ってしまうのです。

「あれれれ」とハリネズミ。

また一歩、足を前に出しましたが、うしろにすすんでしまいます。

「どうしたんだろう？」と、おどろきのあまり口にしました。

魔女は、たまらずにわらいだしました。「ハリネズミちゃんや、これからは、ずっとうしろむきに歩くんだね」と大声でいいます。「ちょっと、やっかいかもしれないが、すぐになれるだろうさ」

「そんなあ！」ハリネズミは、さけび声をあげました。「ひどいや！　前に歩けるようにもどしてよう！」

「いやだね」と魔女《まじょ》。「クッキーをぬすんだのがいけないのさ」室内《しつない》に入ると、ドアをバタンと閉《し》めてしまいました。

「ぜんぜん、おいしくなんか、なかったやい！」ハリネズミはおこっていいました。「あ、まずかった！　べぇぇだ！」

魔女の小屋《こや》はしずかなままでした。

ハリネズミは、ため息《いき》をつきました。前に歩いてみようとします。でも、一歩ごとに、うしろに行ってしまいます。

「さあ、どうしよう？」ハリネズミはちょっと考えました。「ノウサギくんのところに行こう！　いいアイデアがあるかもしれない」

かたごしにうしろを見ては、気をつけながら小道をうしろむきに歩きだしました。最初《さいしょ》はどうにかなりました。でも、速《はや》く歩こうとすると、えだにつまずいたり、木にぶつかったり、くぼみに落《お》ちたり……

「これじゃあ、ぜんぜんすすまないよ」ハリネズミは、ぼやきました。「ちがう方法《ほうほう》にしてみよう」そこで、ボールのようにまあるくなって、そのままうしろむきにころがりながら森をぬけました。最初《さいしょ》はまずゆっくりと、でもすぐにコロコロと速《はや》くなっていきます。くぼみの上もガタゴトと、えだや石ころもこえてゴロゴロと。出くわす動物《どうぶつ》たちはみんな、ひょいとよけてくれました。もっとも、ハリネズミは気がついてもいません。どんどん速くなって、先へ先へところがってゆきました。

ノウサギは家の前でフクロウとおしゃべりをしていました。するととつぜん、森の小道にへんなものがあらわれました。「ちょっと、見てよ」ノウサギはびっくりしていいました。

フクロウはふりむきました。

トゲトゲのボールが、小道をずんずん、ころがってきます。そして小道のはしまで来ると、深《ふか》いくぼみに落《お》ちました。しばらくして、ハリネズミがうしろむきに、くぼみからはいでてきました。かたごしに見ながら、うしろむきでノウサギとハリネズミのところに来ます。

「いったいなにをやっているんだい？」とノウサギ。「ゲームでもしているの？」

ハリネズミはすわりこむと、ぷんぷんしながら、顔をあげました。

「まさかおいらが、わざとこんなことをしていると、思っているんじゃないだろうね？」

「そうじゃないの？」

「前に歩けなくなっちゃったんだ」ハリネズミはキーキー声でいいました。「ちょっとした手ちがいで魔女《まじょ》のクッキーをひとつもらっちゃっただけなのに、たったひとつなのに、魔女はおいらにうしろむきの魔法《まほう》をかけたんだ」

「たったひとつのクッキーだけで？」とフクロウ。

ハリネズミはうつむきました。「じつは、もうちょっと多かったんだけど。だってとってもおいしそうなにおいがしていたんだ」

「でも、ちょっとのクッキーのために、ハリネズミくんが一生、うしろむきに歩くなんてないだろう？」

「あるんだよ！」ハリネズミはなげきました。「魔女がそういっていたもん」

「ふつうに歩いてみてごらん」ノウサギがいいました。「もしかしたら、もうなおったかもしれないよ」

ハリネズミは立ちあがり、数歩《すうほ》すすんでみました。「ほらね。うしろに行っちゃう」

ノウサギはしばらく考えこみました。「じゃあ、うしろむきに歩いてみたら？」とていあんします。「そしたら前にすすむかもよ」

ハリネズミはうしろに歩いてみました。頭をふります。「おなじだ、うしろにすすんじやうよ」ため息《いき》をつくと、ハリネズミはすわりこみました。

「すぐになれるかもしれない」とフクロウはなぐさめます。

ハリネズミはかんかんになり、にらみました。

「フクロウくん、行こう」とノウサギ。「いっしょに魔女《まじょ》のところに行こう」

「魔女のところだって！」フクロウはびっくりしました。

「そうだよ。ハリネズミくんの魔法《まほう》をといてくれないか、おねがいしにいくんだ」

「どうせ、やってくれないさ」とハリネズミ。「おいらのトゲトゲをかたむすびにしたやつだよ。それで今度《こんど》はこれだからね……どうしておいらばっかり」

「それでもためしてみないと」とノウサギ。「フクロウくんも、来てくれるよね？」

フクロウはせきばらいをしました。「ぼくは、ハリネズミくんといっしょにいたほうがいいのではないかな？」

ノウサギは、かたをすくめました。「こわいんだったら、ぼくひとりで行ってくるよ」

「こわくないのだ」とフクロウ。「もちろんこわくなどないぞ」フクロウは大きくため息《いき》をつくと、ノウサギのあとについてゆきました。

「うーん、なんておいしそうなにおいなんだ」おこりんぼの魔女の小屋《こや》についたとき、ノウサギはいいました。

「中に入ったら、なにも食べてはいけないよ」心配《しんぱい》そうなフクロウ。「なにが起《お》こるかわからないからね」

ノウサギはトントンと、とびらをたたきました。

「お入り！」魔女《まじょ》がさけびました。

ノウサギとフクロウはとびらをおすと、中に入りました。魔女はテーブルにつき、紅茶《こうちゃ》を飲《の》みながらクッキーを食べていました。

「これはこれは。お客《きゃく》さんだよ！」と魔女。「クッキーはどうだい？」

「いえいえ！　お気持《きも》ちだけで！」ノウサギとフクロウは同時《どうじ》にいいました。

「とってもじょうずにできたんだがね」魔女はむっとした顔です。

「ええ、でも……」とフクロウ。

「ハリネズミくんが……」とノウサギ。

魔女はクスクスわらいだしました。「ハリネズミは、うしろむき薬《ぐすり》のかかったクッキーをぬすんだんだよ。でも、ここにあるクッキーには薬はかかっていないから」魔女はお皿《さら》をさしだしました。

ノウサギはためらいました。でも、クッキーがとてもいいにおいだったので、ひとつも

らうことにしました。フクロウは心配《しんぱい》そうに羽《は》づくろいをしています。

「うーん、おいしい」というと、ノウサギは足もとを見ながら、そっと一歩すすんでみました。だいじょうぶ！　ほっとしたノウサギは、クッキーをもうひとつ取《と》りました。

　これでフクロウも食べる思いきりがつきました。

「ぼくたち、ハリネズミくんのことで来たんだ」とノウサギ。「とっても、はんせいしているよ」

「ものすごく、はんせいしてるのだ」とフクロウ。

魔女《まじょ》はクッキーをぱくり。

「体じゅう青あざだらけになっているんだ」とノウサギ。「あちこちぶつかってしまうから。うしろむきに歩くのは、たいへんだよね」

「とってもたいへんなのだ」とフクロウ。

魔女はクッキーを、もうひとつぱくり。

「コロコロうしろむきに森をころがってきたんだ」ノウサギはつづけます。「ほかの動物《どうぶつ》たちにとっても、あぶなくて」

「ひじょうにあぶないのだ」とフクロウ。

「ころがっているのかい？」魔女《まじょ》は大きな声でいいました。「うしろむきに？　そりゃ見てみたい！」

「ぼくの家の前ですわってるよ」とノウサギ。「いっしょに来てもらえば……」

魔女は首をふりました。「こっちへ来させればいいじゃないか」そして、なにかぶつぶつ、つぶやきました。

ノウサギとフクロウは、おちつかない気分でまっています。

しばらくすると、外からドシン、バタンという音がしてきました。開《あ》けっぱなしのとびらのむこうから、ハリネズミが小屋《こや》にむかってころがってくるのが見えました。すごいいきおいで、中にころがりこみます。

魔女はテーブルをたたいて、大わらいしています。「ウッシッシッ！　おかしいねえ！　ウッシッシッ！」

ハリネズミはいきおいよく魔女の足にぶつかりました。

「あいた！」魔女はかんだかい声をあげました。「ちくっとしたじゃないか！」と足をつかみました。

「このことをいっていたんだよ」とノウサギ。「ハリネズミくんがこうして森の中をころがっていると、みんなにとって、あぶないんだ」

「ひじょうにあぶないのだ」とフクロウ。

「おまえ、こっちにおいで」魔女《まじょ》はうなりました。

ハリネズミは立ちあがります。

「最初《さいしょ》はクッキーをぬすんで、次《つぎ》はわたしの足をさしたね！」

「どうしようもなかったんだよう」ハリネズミは悲鳴《ひめい》をあげました。「気がついたらコロコロころがりだして、ここまで来ちゃったんだ」

「ごもっとも」とノウサギ。「魔女さんが魔法《まほう》でよびよせたんだもの」

「それに、そのクッキーだけど」とハリネズミ。「とってもおいしそうなにおいがしていたもんで、ひとつ、味見《あじみ》をしてみようと思っちゃったんだ」

「ひとつだけかい？」と魔女はこわい声を出しました。

「はじめはね」ハリネズミがあわてていいます。「でも、そのひとつがあまりにおいしかったから、もう止まらなくなっちゃったんだ」

「それも、ごもっとも」とノウサギ。「こんなにおいしいクッキーは、いままで食べたことがないもの」

「おいしい、おいしいクッキーなのだ」とフクロウはいうと、ものほしげにじっとお皿《さら》を見ました。

ノウサギはせきばらいをすると、重々《おもおも》しくいいました。「ぼくたちの魔女《まじょ》さんの焼《や》くクッキーは、この森でいちばんおいしいよね」そういいながら、フクロウをひょいとこづきました。

「世界《せかい》でいちばんなのだ！」フクロウはすかさずいいました。

魔女はほこらしさに、顔を赤《あか》らめます。「もうひとつクッキーをやろう」といいました。

ハリネズミが、一歩前に出ました。

「おまえはだめだ！」魔女がさけびました。「もうじゅうぶん食べただろ」

ノウサギとフクロウはぴょんぴょんとびはねました。「わあい、わい！」

ハリネズミはぷんぷんしてふりかえりました。「みんなのいじわる！　おいらがもらえないからって、さわいで。べえぇだ！」

「そのせいで、さわいでいるんじゃないよ」とノウサギ。「ハリネズミくんが前むきに歩いているからだよ！」

「前むきだって！」ハリネズミは声をあげました。大きく一歩すすんでみます。それからテーブルのまわりをかけだしました。「また、前に歩けるようになったよ！　わあ〜い、わあい、わあい！」

魔女《まじょ》はハリネズミに指《ゆび》をつきつけました。「さあ、家に帰るんだ。そしておぼえておくんだよ、もうなにかをくすねるんじゃないよ」

「二度《にど》としません」とハリネズミはやくそくしました。

ノウサギとフクロウはクッキーをぱくり。「ありがとうございました！　またクッキーを焼《や》くときは、ぼくたちおてつだいに来るからね！」

ふたりは外に出ました。ハリネズミはスキップしながらついていきます。そしてげんかん先でふりむきました。

「魔女さん」とてもあまい声で話しかけました。「魔女さ〜ん、おいらもクッキーほしいなあ、帰りの道で食べたいなあ」

魔女はゆっくりと立ちあがりました。

外にとびだすハリネズミ。

魔女はクッキーを取《と》ると、自分の口に入れるそぶりをしながら、おもむろに、にやっとわらいました。そして、外にいるハリネズミにむかってクッキーを投《な》げると、「うけとめるんだよ！」とさけんだのでした。

第十四章　ハリネズミは病気《びょうき》

朝、ノウサギはハリネズミの家まで走ってゆくと、こぶしでドアをトントントンとたたきました。でも、返事《へんじ》がありません。

ノウサギはドアをおしあけ、中をのぞいてみました。ハリネズミはイスにすわったまま、もうふにくるまっています。

「きこえなかったの？」そうたずねると、ノウサギは中に入りました。

「きこえた……」とハリネズミ。

「どうしたんだい、もうふなんか、かぶっちゃって？」

「すっごく、寒《さむ》いから」ハリネズミはぶつぶついいます。

「寒いだって？　寒くなんかないよ、きょうはいい天気だぞ。いっしょにピクニックに行かない？　フクロウくんも行くって」

「ゴホ、ゴホ、ゴホ」ハリネズミはせきこみました。

「なんだって？」

「おいらなにもいっていないよ、せきをしただけさ」

　ノウサギはハリネズミを、まじまじと見ました。びっくりしていいます。「よく見ると、ようすがおかしいね。病気《びょうき》なの？」

　ハリネズミは、ぶるぶるっと身《み》ぶるいしました。

「ハリネズミくん、熱《ねつ》があるんでしょ！」とノウサギ。「ベッドで寝《ね》てなくちゃ」

「ベッドになんか入りたくないよ。おいら、ピクニックに行きたいんだもん」

「ハリネズミくんが病気なんだったら、ぼくたちピクニックに行くわけないだろ？　ハリネズミくんのぐあいがよくなるまで、まっているよ」

「じゃあ、ベッドに入る」とハリネズミ。つらそうに立ちあがると、ベッドまで歩いていき、寝《ね》どこに入りました。

「なにか飲《の》む？」とノウサギ。

ハリネズミは首を横《よこ》にふります。

「なにか食べる？」

「いらない……」

「本でも読もうか？」

「いい……」そうつぶやくと、ハリネズミは目をつぶりました。

ノウサギはおちつかないようすで、あっちに行ったり、こっちに行ったり。「気分はどう？」とききました。

「いたいよう」ハリネズミはしゃがれた声で答えます。「体じゅうがいたいんだ」

そのとき、トントンと戸をたたく音がしたかと思うと、フクロウがピクニックのかごをかかえ、入ってきました。「見たまえ！」とくいげな声でいいます。「おいしいものでいっぱいなのだ」

「シーッ！」ノウサギはハリネズミをゆびさしました。

びっくりするフクロウ。「病気《びょうき》なのか？」

「そうなんだ」とノウサギ。「熱《ねつ》があるんだ」

「それにいたいんだよぅ」ハリネズミは泣《な》き声です。

フクロウはかごを部屋《へや》のすみにおきました。「ぼくが、ここにいてあげるから」

「ぼくも、ここにいるよ」とノウサギ。

ふたりはいっしょに、ハリネズミをかんびょうします。飲《の》み物《もの》をあげたり、紅茶《こうちゃ》やトーストを出してあげたり、ノウサギがハリネズミの大好《だいす》きな本を読んであげたり、フクロウは詩《し》を読んであげたり……でもやがて、ベッドのそばでしずかに見まもるだけになりました。ハリネズミの病気《びょうき》がどんどん重《おも》くなってしまったからです。ハリネズミは、目をつぶり、びくともしません。なにも食べようとしないし、返事《へんじ》もありません。

ノウサギとフクロウは、心配《しんぱい》でなりませんでした。

「どうしたらいいのだろう?」とフクロウ。

ノウサギは、ベッドの足もとで頭をかかえ、すわりこみました。と、とつぜん立ちあがります。「ちょっと、魔女《まじょ》をよんでくる」

「魔女を……」とフクロウ。「魔女が、どうにかできると……」

「そうだよ」とノウサギ。「薬草《やくそう》のことならなんでも知ってるし、じゅもんだって何百こも知ってるよ。もしかしたら、ハリネズミくんの病気だって、なおせるかもしれないよ」

フクロウはハリネズミを見て、うなずきました。「早く行ってくるのだ」

ノウサギはそっと外に出ると、おこりんぼの魔女の小屋《こや》まで走りました。とびらをドンドンたたきます。魔女《まじょ》がとびらを開《あ》けました。

「じゃましないでおくれ」と魔女。「今、いそがしいんだ」

「きんきゅうなんだ」息《いき》を切らしてノウサギはいいました。「ハリネズミくんが病気《びょうき》で」

「ハリネズミが？」魔女はばかにしたようにいいました。「ハリネズミはいつもおおげさなんだよ」

「今回はちがうんだってば、ほんとうだよ」とノウサギ。「高い熱《ねつ》にうなされていて、体じゅうがいたいんだ。よくなる方法《ほうほう》、知らない？」

「そのうちなおるさ」と魔女。足をひきずり薬《くすり》だなまで行くと、いちばん上のたなからびんを取《と》りました。

「なにも、食べたがらないんだ」とノウサギはつづけました。「話もしなくなっちゃった。ただ横《よこ》になっているだけで」

魔女は引きだしから小さな箱《はこ》を取りだしています。

「おねがいだから、ちょっとだけ来てください」とノウサギ。「おねがい。ぼくたち、気が気でなくて」

「きっと、たいしたことないさ」と魔女。

「ちがうってば」とほうにくれてノウサギはさけびました。「ほんとうだって――」

魔女《まじょ》はほうきを取《と》ると、ノウサギをおしのけました。「どいた、どいた！　やることがいっぱいあって、いそがしいんだ」といって外に出ると、ほうきに乗《の》って、どこかに行ってしまいました。

ノウサギは大きくため息《いき》をつきました。「なんてやつだ！　ぜんぜんきいてくれないんだもの！」

ふと薬《くすり》だなを見ました。びんがいっぱいあるぞ！　ハリネズミくんに使《つか》えそうな薬はないのかな？

ノウサギは背《せ》のびをして、たなの上から小さいびんを取りました。にごった、みどり色の薬が入っています。ノウサギはにおいをかいでみました。おえっ！　あわてて、びんをもとのところにもどしました。

いちばん下のたなには、黄色いこなが小さなお皿《さら》にのせてありました。こちらのほうが、まだいいにおいです。「どんなものだか、ちょっとためしてみよう」ノウサギは小声でいいました。

お皿を取ると、ちょっとだけテーブルの上にふってみました。大きなボンという音とともに、テーブルクロスが黄色くなりました。

ぶるぶるふるえる手で、ノウサギはそのお皿をたなにもどしました。

「さわっちゃだめだ！」と自分にいいきかせました。「ハリネズミくんを、なにかおそろしいものに変《か》えちゃったり、けしてしまったりでもしたら……」

想像《そうぞう》しただけで、ふるえてしまいました。あたふたと外に出ます。そして帰り道、ハリネズミのために、お花をつみました。

ハリネズミの家に帰ると、ドアの横《よこ》に魔女《まじょ》のほうきが立てかけてありました。

「あれえ」ノウサギはあわてて中に入りました。

ハリネズミはベッドに寝《ね》たままです。魔女がその横でじゅもんをぶつぶつとなえ、フクロウは水を入れたコップを持《も》ってくるところでした。

「来てくれたんだね！」と大きな声を出すノウサギ。「ぼくはてっきり……」

魔女がふりむきました。「やっと帰ってきたのか！　どこで道草《みちくさ》くっていたんだい？」

ノウサギは花《か》びんをさがしだしました。「お花をつんでいたんだ。それと……それに……手ちがいで、魔女さんのテーブルクロスがちょっと黄色くなっちゃったけど……」

「なんだって！」魔女はさけびました。「わたしの薬《くすり》だなを、ひっかきまわしていたのかい？」

「ぼ、ぼく、ハリネズミくんのために、薬をさがしてたんだ……」ノウサギはつかえながらいいます。

魔女《まじょ》はクスクスわらいました。「わたしが持《も》ってきたから、そこにはなかったのさ」

魔女はエプロンからびんを取《と》りだすと、コップの水の中にぜんぶ入れました。

「ぜんぶ飲《の》むんだよ」魔女はハリネズミにいいました。

「いやだよ」と小声でハリネズミはいいました。「飲んだらきっと、松《まつ》ぼっくりとか、小バエとかになっちゃうんだ」

「いいからお飲み」魔女はおどします。「飲まないなら、ほんとうに小バエに変《か》えるよ」

ハリネズミは歯《は》をぐっと、くいしばりました。

「飲みたまえ」とフクロウはいいました。「親切《しんせつ》でいってくれているのだ」

「少し飲んだだけでも、楽《らく》になるよ」と魔女。

ハリネズミはしぶしぶ、ひと口飲みました。

「おいしい！」びっくりして、一気に飲みほしてしまいました。

「そうだと思ったよ」魔女はそういうと、小さな箱《はこ》を取りだしました。「ほら、今度《こんど》はこなの薬《くすり》だよ」

ハリネズミはこれも、ひと飲みでゴクン。

「うえぇ！」とさけびます。「うえぇ、これはまずい！」

「イッヒッヒッ、でもききめはばつぐんさ」魔女はクスクスわらいました。「もっと飲むかい？」

ハリネズミは首をふり、目を閉《と》じました。

「どんな気分だい？」ノウサギがききました。

「よくない」ハリネズミは弱々《よわよわ》しい声でいいました。「体じゅうがいたい。頭も……つま先も……グーグーグー」

「どうしたのだ？」フクロウはおそるおそるききました。

「眠《ねむ》っただけだよ」と魔女《まじょ》。「さあ、みんな仕事《しごと》にかかるよ。食事《しょくじ》を作るからね。おいしいごはんを、いっぱいだよ」

フクロウはピクニックのかごを持《も》ちあげると、テーブルにのせました。「とりあえず、かごいっぱい、おいしいものがそろっているのだ」

ノウサギは戸だなを開《あ》けました。「ここにも、いろいろあるよ」

魔女はフライパンを取《と》りだし、みんなで、それはそれはすばらしいごちそうを作りました。ハリネズミの好《す》きなものが、なんでもそろっています。

ぜんぶテーブルの上に用意《ようい》できたところで、魔女はふたを両手《りょうて》にひとつずつ持って、ボーンと合わせました。「起《お》きるんだ、ねぼすけや！」

ハリネズミは目をさますと、大きくあくびをしました。

「気分はどう？」とノウサギ。

「いたい……」とハリネズミ。「おなかがいたい」

フクロウは心配《しんぱい》そうに魔女《まじょ》を見ます。魔女はスプーンを手に持《も》って、いいました。「なにかお食べ」

「食べられないよ」とハリネズミ。「だって、おなかがいたいんだもん」

魔女はかたをすくめました。「それだったら、わたしたちだけで食事《しょくじ》しよう」

「ぼく、食欲《しょくよく》ないよ」とノウサギ。

「ぼくもなのだ」とフクロウ。

「わたしは、おなかがすいたよ！」魔女はお皿《さら》にいっぱい、ごちそうをもりました。

ハリネズミが鼻《はな》をくんくんしました。「やっぱり、ちょっともらってみようかな」弱々《よわよわ》しい声でいいました。

「いいことだ！」とノウサギ。「なにがほしい？」

ハリネズミはテーブルを見わたしました。「ぜんぶだ！」

「でも、おなかがいたいのだろう」とフクロウ。

ハリネズミは長い間《あいだ》、ひとこともしゃべりませんでした。テーブルからごちそうがなくなるまで、食べて食べて食べまくっていたからです。そして、イスの背《せ》にもたれると、息《いき》

をフウとはきながらいいました。「おなかがいたいんじゃなかったよ。おなかがすいていたんだ！」

「やったあ！　病気《びょうき》がなおったんだね！」ノウサギとフクロウはよろこびました。

魔女《まじょ》は立ちあがります。「いっただろ、そのうちなおるって」

「そのうち、じゃないよ」とノウサギ。「魔女さんが力をかしてくれたからだよ」

フクロウもうなずきました。

ハリネズミは魔女の手をにぎりました。「世界《せかい》でいちばんすばらしい魔女さんだよ」

「そうかい、そうかい」魔女はてれています。「さあ、どいたどいた。きょうはまだまだやらなくちゃいけないことが、いっぱいあるんだ」そういうと外に出て、ほうきにまたがり、とんでいってしまいました。

ハリネズミは、開《あ》けっぱなしのドアを見ました。「いい天気だね！　おいら、外に行きたいや」

「もうピクニックはできないのだ」とフクロウ。「ぜんぶ食べてしまった」

「お花をつみにいけばいいじゃない」とノウサギ。

ハリネズミは花《か》びんを見ました。「おいらの花はもうあるぞ」

「だったら、魔女さんに花束《はなたば》をあげよう！」ノウサギはいいました。

森の動物《どうぶつ》たちのごあいさつ——訳者《やくしゃ》あとがきにかえて

この本は、『おこりんぼの魔女《まじょ》のおはなし』の続篇《ぞくへん》になります。すぐごきげんななめになる魔女や、めんどう見のいいノウサギ、ちょっとわがままなハリネズミ、かしこくてつつしみぶかいフクロウ、ちゃっかりもののクロウタドリなど、おなじみの仲間《なかま》がまた大さわぎします。はじめはたいくつしていた森の動物たちも、魔女がまた魔法《まほう》をかけるようになると「あぶないぞ！　にげろ！　おこりんぼの魔女がまたやってきた！」と大あわて。続篇のタイトル『おこりんぼの魔女がまたやってきた！』は、このクロウタドリの言葉《ことば》から取《と》られています。

この本が出版《しゅっぱん》されて、動物たちもうれしそう。さっそくごあいさつしてくれるようですよ。

ノウサギ「読者《どくしゃ》のみなさま、こんにちは。おこりんぼの魔女シリーズ、二冊《さつ》めの『おこりんぼの魔女がまたやってきた！』はいかがでしたか？　これで、一冊めの『おこりんぼの魔女のおはなし』とあわせると、おはなしの数はぜんぶで二十八話《わ》になったんだ。ぼくたちのはらはらする冒険《ぼうけん》を、毎晩《まいばん》、寝《ね》る前にひとつずつ読んでも、一ヵ月近く楽しむことができるね！」

フクロウ「一章《しょう》ずつ完結《かんけつ》しているので、少しずつ読んでも、魔女《まじょ》や森の動物《どうぶつ》たちと会う時間を楽しむことができるのだ。たとえば、保育園《ほいくえん》や幼稚園《ようちえん》のみんなには、先生やパパやママがその日の気分でおはなしをひとつ選《えら》んで読み聞かせてあげると、おもしろいと思うぞ。小学校の低学年《ていがくねん》は、ひとりで読むにはまだちょっとむずかしいかもしれないけど、ふりがなもたくさんふってあるから、パパやママといっしょに読むといいね。三、四年生になればひとりで読めるし、勉強《べんきょう》になるぞ」

ハリネズミ「この本は、動物たちのせりふなんかも、性格《せいかく》がよく出ていてイメージしやすくなっているよ。場面《ばめん》も、目に浮《う》かぶような感《かん》じでしょ。だから、学芸会《がくげいかい》や演劇会《えんげきかい》とかで、演じてみてもおもしろいんじゃないかな。ほら、そこのきみ、おいらみたいに、かしこいハリネズミになってみてはどう？　それに、おこりんぼの魔女の役《やく》も楽しいかも」

おこりんぼの魔女「えいえいえい！　ハリネズミや、わたしの役は、わたしがやるよ。それより、今日《きょう》のわたしはごきげんがいいんだ。前回の本が出版《しゅっぱん》されたあとに、読者《どくしゃ》から『本に出てくるお菓子《かし》を作ってみたい！』とリクエストがあってね。だから今度《こんど》の本に登場《とうじょう》したオランダのパンケーキの作り方《かた》を、みんなに教えてあげようと思って来たんだよ。いいかい、次《つぎ》のものを用意《ようい》しておくれ。直径《ちょっけい》三十センチの大きなフライパンで六枚《まい》分ぐらいの量《りょう》だよ」

強力粉《きょうりきこ》　二五〇グラム
ミルク　五〇〇ミリリットル
たまご　三こ
塩《しお》・さとう　少々《しょうしょう》
バター　少々（生地《きじ》を焼《や》くときに使《つか》うんだ）

おこりんぼの魔女《まじょ》「強力粉をボウルに入れ、ミルクを少しずつそそぐんだ。だまにならないよう気をつけて。さらに、たまごを一こずつ割《わ》り入れて、あわだて器《き》でよくまぜる。そこに塩・さとう少々を入れたら生地のできあがり。この生地をしばらく寝《ね》かして、なじませる。なんだか、おなかがすいてきたねえ」

ハリネズミ「つづきはおいらが説明《せつめい》するね。おうちにある、いちばん大きなフライパンをしっかり熱《ねっ》したら、バターを入れて、ジュワッととかし、茶色《ちゃいろ》く色がついたところで、おたまで生地を流《なが》し入れるんだ。すばやくうすくのばしてね。『パネンクッケン』と呼《よ》ばれるオランダのパンケーキは、クレープみたいにうすく焼くんだよ。表面《ひょうめん》がかわいてきたら、ひっくりかえす。茶色くこげめがついたら、できあがり！　お皿《さら》にのせて食べよう」

クロウタドリ「なんとも、パンケーキのいいにおいがしてきた。三時のおやつだったら、焼《や》きたてのパンケーキにおさとうをふりかけて、フォークでくるくるくるとまいてかぶりつくのが、オランダ流《りゅう》。それとも、ちょっと手をくわえて、ベーコンやマッシュルームをいためたところに生地《きじ》を入れて焼くと、ちょっとした軽食《けいしょく》になるから、日曜日のブランチなんかにどうだい」

ノウサギ「じゃあ、せっかくだからいろいろ作って、森の動物《どうぶつ》たちや、この本の絵をえがいてくださった、たなかしんすけさん、おこりんぼの魔女《まじょ》シリーズでお世話《せわ》になっている早川書《しょ》房《ぼう》のみなさん、読者《どくしゃ》のみなさんをご招待《しょうたい》して、ごちそうするっていうのはどう？」

フクロウ「それができたらいいなあ」

ハリネズミ「いっぱいパンケーキ作らなくちゃね」

クロウタドリ「おれもてつだうぞ」

魔女「木イチゴのジュースもいかがかな？」

森のみんな「さんせ〜い」

読者のみなさんも「せ〜の、いただきます！」

二〇〇六年十一月

The publisher gratefully acknowleges the financial support from the Foundation for the Production and Translation of Dutch Literature.
（この作品は、オランダ文学制作翻訳基金の助成金を受けて出版されました。）

早川書房の児童書〈ハリネズミの本箱〉
おこりんぼの魔女《まじょ》がまたやってきた！

二〇〇六年十二月 十 日 初版印刷
二〇〇六年十二月十五日 初版発行

著 者 ハンナ・クラーン
訳 者 工藤桃子《くどうももこ》
発行者 早川 浩
発行所 株式会社早川書房
東京都千代田区神田多町二ノ二
電話 〇三‐三二五二‐三一一一（大代表）
振替 〇〇一六〇‐三‐四七七九九
http://www.hayakawa-online.co.jp
印刷所 三松堂印刷株式会社
製本所 大口製本印刷株式会社
乱丁・落丁本は小社制作部宛お送り下さい。
送料小社負担にてお取りかえいたします。

Printed and bound in Japan
ISBN4-15-250045-X C8097

早川書房の児童書〈ハリネズミの本箱〉

ホリー・クロースの冒《ぼう》険《けん》

ブリトニー・ライアン
永瀬比奈訳
46判上製

サンタのむすめがニューヨークへ！

サンタクロースのむすめとして生まれたホリーは、ある年のクリスマス、夢《ゆめ》を追いかけて人間界へ旅立つ。そこではすばらしい冒険と、邪悪《じゃあく》な魔《ま》法使《ほうつか》いとの息づまる対決が待ち受けていた！夢と勇気のクリスマス・ファンタジイ